# 伊賀の人・松尾芭蕉

北村純一



文春新書

1348

# 伊賀の人・松尾芭蕉　目次

# まえがき

松尾芭蕉は江戸深川に「芭蕉庵」と名付けた住まいを、富裕な杉山杉風《さんぷう》をはじめとする門人や知人たちの援助により構えていました。そして、次の句を残しています。

**秋十《と》とせ却《かへっ》て江戸を指《さす》古郷**　芭蕉

（江戸の暮らしも十年が過ぎたこの秋、郷里の伊賀へ旅立つのだが、この江戸がかえって故郷に思われることだ）

このように、第二のふるさとと詠むまでに江戸に慣れ親しんでいました。しかし、そこに定住しようとしても何か心が騒ぐ自分の性《さが》があったようです。

**住《すみ》つかぬ旅のこゝろや置火《おきご》燵《たつ》**　芭蕉

（一所に定住する気持ちが薄く、いつも旅に出たい気のはやる自分は、まるでこの置炬燵のように落ち着かないことだ）

こう詠んだ芭蕉は、生涯の大半を旅に費やしたのでした。また、その旅の多くを亡き父母の主たる年忌に合わせるなど、まるで江戸という出稼ぎ地から戻るように、故郷の伊賀に頻繁に帰っていました。さらに、江戸へ出る前に伊賀で仕えていた主家の藤堂家とは、江戸藩邸に門人の藩士がいたこともあり、交誼が絶えることがなかったのです。そして、旅の軌跡を追えば、俳諧活動の中心だった中京・関西圏にあって、伊賀が地理的にその中心に位置するだけではなく、心の本拠、拠り所であったことがわかります。

芭蕉は江戸ではなく伊賀の人として俳諧人生を全うした、と表現するのが正確だと思われます。本書のタイトルを「伊賀の人・松尾芭蕉」とした所以《ゆえん》です。

さて、本論に入る前に、俳諧が生まれるまでの歴史をざっと振り返ってみます。

俳諧は、身分を問わず老若男女が参加できたため、江戸時代に最も親しまれた文芸でした。しかし、あくまで第二級の「俗」の文芸としてです。現在でこそ俳句や短歌、詩に文学としてのランク付けはありませんが、当時は誰もが、俳諧を和歌の下位にみて疑わなかったのです。

対等であるべきと考え精進していたのは、蕉門《しょうもん》など少数でした。この差別意識の起因はどこにあるのでしょうか。

和歌は「勅撰和歌集」を頂点とする朝廷と貴族の「雅」の文芸で、滑稽味のある和歌は「誹（俳）諧歌」と呼ばれ『古今和歌集』に載っています。

「和歌の子」「俳諧の母」とされ、俳諧へ橋渡しをしたのが「連歌《れんが》」です。しかし、平安から鎌倉時代は和歌の余興に過ぎず、南北朝から室町時代にかけて最盛期を迎えます。公卿の二条良基がルールブックとして「応安式目」を制定したことで文芸的地位が高まり、『新撰菟玖波《つくば》集』で有名な飯尾《いいお》宗祇《そうぎ》が純正連歌の正風を完成させるにいたって、「雅」の地位を確立します。ただし、優美な「有心《うしん》連歌」が正統とされ、滑稽な「無心連歌」（俳諧体）は異端視されました。

その「連歌」も式目の束縛を受けて衰退し、代わって登場したのが、「無心連歌」の系統を引く「俳諧連歌（俳諧）」です。室町後期の山崎宗鑑、荒木田守武という先駆者により礎《いしずえ》が築かれ、江戸時代になって松永貞徳《ていとく》の貞門、西山宗因《そういん》の談林へと展開します。その後、悪ふざけの談林が、言語遊戯にとどまる貞門を圧倒したものの、宗因の連歌への逆行や井原西鶴の浮世草子への転向により、拡散・衰微していきました。

そこへ登場したのが芭蕉です。格調高い貞門派の北村季吟《きぎん》のもと、上級武士の傍らで出発した芭蕉は、やがて談林へと傾倒していきます。しかし、その悲願は、談林派のような町人の旦那衆の遊び芸を担う俳諧師にとどまることなく、彼らとは一線を画し、「俗」の文芸だった俳諧を和歌の地位まで高めることでした。「雅」と「俗」の対立から歩を進め、両者の総合に努めたのです。

日本の文芸は二つの心情の系譜を持ちます。悲惨な人生を嘆き悲しむ和歌の主軸「あはれ」と、笑いで悲惨な人生に対峙する俳諧の主軸「をかし」です。悪ふざけではない本来の知的な機知や諧謔の笑いは決して卑下されるものではありません。したがって、本来俳諧と和歌は兄弟と言ってよいはずですが、俳諧は和歌と対等なものとしては認知されませんでした。何故か。母体の連歌が和歌の余興から出発したことや、初期の俳諧が幼稚な滑稽詩だったこと、さらに貞門・談林俳諧が和歌など古典のもじりに終始する低級な言語遊戯だったこと、そして点取俳諧という堕落、連句が一座の遊びの文芸として過小評価されたことなど、様々な理由があります。

連句からその発句《ほっく》が独立し、正岡子規の命名で俳句と呼ばれる時代になって評価は高まったものの、戦後は「第二芸術」として痛烈に批判されました。それでも不思議なことに、俳句は文芸の一ジャンルとして決して揺るぎません。なぜでしょうか。俳句には、その高い詩精神への畏敬がやまない芭蕉のＤＮＡが今も脈々と流れていることを、誰もが感じ取るからだと思われます。芭蕉なくば、俳句は今も和歌の庶子的な屈辱に甘んじているかもしれません。

俳諧にはこのような時代背景があります。それではこれから「俳聖」と称《たた》えられる芭蕉の真の素顔と旅の足跡を見ていきましょう。

# 序章　俳諧師「芭蕉」誕生前夜

「無足人」という下級武士の家の生まれだった芭蕉は、学才を認められ藤堂新七郎家の若様の勉強相手として小姓《こしよう》に抜擢された。しかし、その若様が早逝すると事態は暗転する。このまま武士として生きるか、俳諧での活躍の場を求めて江戸に出府《しゆつぷ》するか――。そして、ついに主家を去る決心をした芭蕉は、処女撰集『貝おほひ』の準備に着手する。だが、武士の生まれを矜持《きようじ》とし品性を重んじることは生涯忘れることはなかった。

## 芭蕉は武士だったのか

三重県の西の端の作家が芭蕉さん（芭蕉を伊賀では親しみを込めてこう呼ぶ。本名は松尾忠右衛門《ちゅうえもん》宗房《むねふさ》といい、宗匠立机《りっき》〔俳諧宗匠になること〕の前から桃青《とうせい》を号とした。のちに芭蕉の号と併用）をやぶにらみ覚悟で色々と考えてみた。

その前に、芭蕉が若くして仕えた主家である藤堂藩のおさらいをしておこう。

①藤堂藩は三十二万石の大藩で、外様であったが、初代藩主の藤堂高虎が徳川家康の側近であったため「別格譜代《べつかくふだい》」の格付だった。津が本城で伊賀に分城あり。

②藤堂高虎は織田・豊臣・徳川と三代に仕えた世渡り上手で、家康側近として臨終にも立ち会う。「家康茶会」のメンバーで、自分の茶会に二代将軍・秀忠を招待したほどだ。また、江戸城などを手掛けた、築城の名手でもあった。関ヶ原の戦いの際、敗戦時の退却を想定し伊賀上野城を堅固にしたため、その石垣の高さは大坂城に次ぐ、三十メートルである。天正十三（一五八五）年の筒井定次による築城の際には、大坂を守ることが目的だったが、その後の高虎による改修で、大坂に対峙するための城として築かれてい

った。五層の天守閣は、建設中の慶長十七（一六一二）年に当地を襲った大暴風で倒壊している。しかし、慶長十九（一六一四）年の大坂冬の陣と翌年の夏の陣で豊臣方が敗れ、その後に幕府が城普請《しろぶしん》を禁じたため、伊賀上野城は天守閣が再建されないまま伊賀国の城として認められた。以後、幕末まで国替えはなく、藤堂藩がこの地を治めることになる。ちなみに伊賀市のランドマークになっている現在の天守閣は、昭和十（一九三五）年に再建された「昭和の城」だが、木造のその優雅な姿から「白鳳城」とも呼ばれる。

③伊賀の分城には、侍大将が三人いた。藤堂采女《うねめ》（城代《じょうだい》）七千石、藤堂玄蕃《げんば》五千石、藤堂新七郎五千石。

そして、芭蕉が仕えたのが新七郎家だった。芭蕉は「無足人」という下級武士の家の生まれである。戦国時代以来の土豪懐柔のために新領主の藤堂藩が新設したのが、この無足人制度。名字帯刀が許された。

松尾家の本家は伊賀の上野に程近い柘植《つげ》で城主を務めた家格の名門だったといわれる。長兄・半左衛門は浪人だったが、のちに父が果たせなかった仕官が叶い、陪臣（藤堂藩の臣下の臣）ながら扶持《ふち》取りの身分になっている。また姉が久居《ひさい》藩士に嫁ぐなど親戚には武士が多い。芭蕉は新七郎家の若様の小姓となったが、その若様の早逝により致仕（官職を辞すること）して、二十九歳で江戸へ行き上水工事の役人となる。そして、三十五歳でプロの俳諧宗匠として立つのだが、それまでは藤堂藩ＯＢの武士（浪人）として振る舞っていたようだ。

江戸詰の藤堂藩士にも門人がおり、またその藩邸にもまめに足を運ぶなど、旧主家との付き合いに抜かりはなかった。また他の門人にも、浪人を含め武士階級がすこぶる多い。俳諧宗匠となって以後は武士を捨てたが、終生手紙には武士特有の「拙者」という言葉を使うなど、武士の生まれを矜持とし品性を重んじた。意識としては生涯武士だったと言ってよい。

## 若様の小姓だった芭蕉

今のように義務教育制度などはない時代、教育の場は、武士の子は藩校、町人は私塾が専《もっぱ》らだった。

芭蕉の父は「無足人」という下級武士で、仕官が叶わず手習いの師匠（いわゆる寺子屋の先生）だったらしい。しかしその環境は、芭蕉にとっては学問に触れる格好の機会だったといえる。先生の後について生徒が一斉に大きな声で音読したり、手習い（習字）を基本に、読み書きそろばんを習った（勉学が漢文まで進むのはまれだったようだ）。

芭蕉は、藤堂新七郎家の若様の勉強相手として小姓に抜擢された。その理由は抜きんでた才能ゆえと考えられる。芭蕉の学才は、城下に鳴り渡っていたことだろう。

ただ、才能だけでは通用しない時代である。若様のおそばで仕えるとなると、何より氏素性がまず問われる。だが幸いなことに、芭蕉の実家は先に述べた通り名門の流れをくむ家柄だった。抜擢の条件はそろっていたのだ。一方で、台所用人だったという記録も残っている。もしかすると、小姓の務めの前後に、あるいは兼務という形だったのかもしれない。

芭蕉の生涯の禍福はあざなえる縄のようであるが、第一の幸運はこの務めにあった。藤堂新七郎家が特に学問・芸術を重んじる家風であったゆえの抜擢だったともいえる。

芭蕉が仕えた若様は無類の俳諧好きで、京都を代表する俳諧宗匠で学者でもあった北村季吟に師事した。ちなみに若様の俳号である蟬吟《せんぎん》の吟は、季吟先生の名前の一字を賜ったものである。

蟬吟公が二十四歳、芭蕉が二十二歳の時、「貞徳（季吟の師である松永貞徳）十三回忌追善五吟《ごぎん》俳諧百韻」を蟬吟公が主催した。発句は蟬吟公で、脇句を季吟先生が務めるという厚遇だ。若様の学友としてその薫陶《くんとう》の相伴《しょうばん》に与《あず》かることができた芭蕉だった。

## 芭蕉はなぜ江戸に出たのか

下級とはいえ武士の生まれ。芭蕉も仕官して立派な武士になるのが一番の夢だったろう。実際、若様の小姓として仕えた藤堂新七郎家で、当主及び若様から「宗」の字を賜り、松尾忠右衛門宗房と名乗るほど信頼を得ていたから、将来二百から三百石取りの武士も夢ではなかった。

だが、それが暗転した。

芭蕉を平凡な武士に終わらせてはならない、という天の配剤だろうか。若様が早逝したのだ。わずか二十五歳。芭蕉二十三歳のときのことだった。

後継となった若様の弟への奉公は辞退した。二君に仕えずとの潔癖さもあるだろうが、若様と親密だったゆえだろう。

江戸出府の理由を、俳諧師としての大成を期したと表す方が、伝記的にはすっきりするだろう。だが実際には、世間的な功名を願う普通の青年である。十三歳で父を亡くし、親代わりとなった長兄・半左衛門の元で居候《いそうろう》の立場だった芭蕉は、俳諧に手ごたえを感じていたものの、正業に就いていたとはとても言えない。仕官を目指すか、身の振り方に頭を悩ませたことは疑いない。

どちらにしても、亡き若様とともに師と仰いだ京の北村季吟のもとで修練を積む一方、漢学など武士の素養にも励んだ。そして俳諧師としての将来を季吟に相談したに違いない。

俳諧の聖地たる京や大坂と違って、江戸には新人活躍の場がある。仕官を目指すにも武士の町・江戸は魅力的だ。季吟から俳諧の免許皆伝の証として俳論書（俳句の作法書）、『埋木《うもれぎ》』（延宝二〔一六七四〕年、芭蕉に筆写を許すとの季吟の奥書がある）を賜り準備万端整った。さらに周到だったのは処女撰集『貝おほひ』の出版準備である。俳諧の流行《はや》りを見るに敏な芭蕉は、伊賀弁でいう次男坊の「さくまいがええ」（要領が良い）、そのままだった。そして「やんちゃ」。その撰集には、井原西鶴と見まがう自由奔放さ、饒舌《じょうぜつ》さがあった。若気の至りというより、人間は多色・多面だといえよう。

江戸には日本橋の町年寄の息子と、久居藤堂藩の藩士が同道したというから至れり尽くせり。いずれも季吟門人だ。江戸へ出て間もなく『貝おほひ』を出版できたのも、また俳諧・談林派の祖である西山宗因の江戸出府歓迎句会への同座の機会を得たのも、季吟やその門人、藤堂藩の支援の賜《たまもの》だろう。芭蕉の生涯にわたってこの藤堂藩が見え隠れしている。芭蕉自身も藤堂藩ＯＢであることを矜持にしていたようだ。

## おちゃらかす芭蕉

ここで、江戸で出版することになる処女撰集『貝おほひ』に触れておきたい。芭蕉という人物を知る上で欠かすことができないからだ。小唄、流行語を駆使し、談林に新風を吹き込もうとする意気込みは半端ではない。西鶴の作品の持つ、あの大きな振幅と見まがう才気に満ちている。そこには、もはや小姓でもなく、ましてや出奔《しゅっぽん》者でもない、堂々と天下の俳壇に勇躍しようとする自信に満ちた芭蕉がいた。

ちなみに、江戸に出る前、二十九歳の芭蕉は、故郷の伊賀の菅原道真公を祭る上野天満宮に自《じ》判《はん》で三十番発句合《ほっくあわせ》の『貝おほひ』を奉納し、江戸での成功を祈願している。そして、その発願《ほつがん》の成就のために、京都清水《きよみず》の音羽《おとわ》の滝の七日の水垢《みずご》離《り》修行（いわゆる水行）に身を晒《さら》した。「音羽の滝」は清水寺のパワースポットとして今も健在だ。

「句合」は、歌合《うたあわせ》にならって、句を二つ並べて優劣を競うもの。左右一組で一番だから、三十番では六十句となる。判詞（優劣判定の言葉）は自判、すなわち自分で書いた。

蛤《はまぐり》の貝殻をばらばらにして、ペアの貝殻を見つけ出すのが「貝合わせ」。トランプの神経衰弱に似た、平安時代からの宮廷の遊びである。「貝覆《かいおおい》」は、この「貝合わせ」のことで、これを句合わせに引っ掛け、撰集名とした。

『貝おほひ』の九番を見てみよう。その自由に戯れる姿は、あの枯淡の芭蕉と同一人物とはとても思えない奔放さだ。

左　勝

**鎌できる音やちよい〳〵《ちよい》花の枝**　露節

右

**きても見よ甚べが羽織はなごろも**　宗房

左、花の枝をちよい〳〵《ちよい》とほめたる作意は、まことに俳諧の親〳〵ともいはまほしきに、右の甚べが羽織は、きて見て我折《がを》りやといふ心なれど、一句の仕立もわろく、染め出す言葉の色もよろしからず見ゆるは、愚意《ぐい》の手づゝ《つ》とも申すべし。そのうへ左の鎌のはがねも堅さうなれば、甚べがあたまもあぶなくて、負に定め侍りき。

宗房《そうぼう》は芭蕉の若い頃の号である。二句の後に芭蕉の判詞が続く。「左」の句意は、鎌で切るちょいちょいという音が、枝の花をほめているかのように面白く聞こえるというもの。ちょいちょいは、歌舞伎の野郎（少年俳優）へのほめ言葉で、鎌で切る刃音と掛ける。「右」の句意は、甚兵衛殿よ、花見衣《はなみごろも》に甚兵衛羽織を着こみ花見に来て我《が》を折りなさいというもの。「我を折る」は感服するの意。「来て」と「着て」、「羽織」と「我折り」を掛ける。甚兵衛羽織は丈の短い尻の裂けた羽織のこと。判詞では、同じ野郎のほめ言葉である「親はないか、親はないか」（この座にほめられた少年役者の親はいないか、さぞうれしかろう）から、俳諧の親（優れているの意）と言った。俳諧の親と驚嘆の「おや〳〵《おや》」を掛ける。「おや〳〵」は「ちよい〳〵《ちょい》」に照応する。左の句の鎌の刃が堅そうで甚兵衛の頭が危ないので左の勝ちとすると書いたのだ。

## 芭蕉の先生は？

人間の英知や技能が連綿と続くのは先生のおかげ。先生を超えるかどうかは別として誰にでも先生はいる。芭蕉も例外ではない。北村季吟である。先の処女撰集『貝おほひ』もその薫陶によるもの。その季吟にも貞門俳諧の祖といわれる松永貞徳という先生がいたことはしばらくおくが、『徒然草』などの古典の評釈で名声を高め、幕府の歌学方という、徳川将軍に講義する最高の地位にまで上り詰める。

　このように上昇志向の強かった季吟であるが、上級武家の若様である蟬吟公亡きあとも、芭蕉が軽輩だったにもかかわらず引き続き指導を惜しまなかった。恐らく、その際立った才能に惚れてのことだろう。

　しかし、季吟が古典の評釈に軸足を移し、さらに深川隠棲以後は、芭蕉が俗世間的な名利を好まなくなったためか、二人は次第に疎遠になった。

　また、芭蕉が、書簡に先生という敬称を使った人が他にもいる。「目には青葉山ほととぎす初鰹」で有名な山口素《そ》堂《どう》である。俳諧の他、漢学、書道、和歌、茶道、能楽に精通する多才な文人だった。俳諧は同じ季吟門で、芭蕉の兄貴分に当たる。

二人は、京・大坂を本拠にしていた談林派の開祖である西山宗因が江戸を訪れた際に催された歓迎句会に同座して以来、尊敬しあう生涯の友になった。読書家で教養人だった芭蕉も、俳諧では素堂に勝ったが、学問では叶わなかった。

のちに確立された蕉風はもとより芭蕉一人の努力で成ったのではない。後述する一番弟子の宝井其角《きかく》との切磋琢磨や、この素堂の知性や風格からの啓発が大きくあずかっている。先生と敬ったゆえんだ。

ちなみに、天和《てんな》二（一六八二）年に江戸の大火で焼失した芭蕉庵の再建資金のカンパは素堂が募っている。この時、門人の石川北鯤《ほくこん》が寄附した大瓢《おおふくべ》（米入れとして愛用）は「芭蕉六物《ろくもつ》」の一つで、素堂が四山《しざん》と命名した（「芭蕉六物」については後で詳しく触れたい）。また、芭蕉の句、「蓑虫の音《ね》を聞《きき》にこ（来）よくさのいほ（草の庵）」に和して、名文「蓑虫説」で答えるなど親交は格別だった。

他にも、禅学の先生だった仏頂和尚も忘れてはならない。貞享四（一六八七）年の「鹿島詣」の旅はこの和尚を訪ねる旅であった。

## 芭蕉が旦那と呼んだ人

芭蕉が若い頃、若様・蟬吟公の小姓あるいは台所用人として奉公した藤堂新七郎家は、芭蕉が致仕して後、その若様の遺児・新之助が九歳で家督を継ぎ当主になった。芭蕉が「旦那」と呼んだのは、その当主新之助である。

芭蕉の門人には藤堂家の家臣が少なからずいたが、その門人への手紙の中で、当主に旦那という言葉を何度も使っている。当時、家臣は自分の藩主を主人や旦那様と呼んだらしい。自分のことを「拙者」という武士特有の言葉で表した芭蕉だから、新七郎家への奉公を辞してからも、主人と奉公人という意識があったようだ。

藤堂家には「武士退身《たいしん》」の作法というものがあったという。同僚に書き置きを残した上で出奔することを暗黙に許すというものだ。つまり、去る者は追わず、ということだ。

芭蕉が主家を去ったのは、二君に仕えることを潔しとしなかった故だったが、扶持取りではない小身《しょうしん》だったから咎《とが》めもなかった。それどころか、主家の新七郎家は、若様の死という不運からのやむなき芭蕉の退身をむしろ不憫《ふびん》として、その後も何かと支援を惜しまなかったようだ。武家の義理には、温情もあったのだろう。

芭蕉が四十五歳の時のことだ。故郷の伊賀でうれしい俳句の宴があった。芭蕉が藤堂家を辞した時にはまだ襁褓《むつき》に包まれていた新之助（号は探丸《たんがん》）は、家督を継ぎ二十三歳になっていた。その探丸が、屋敷で開いた花見の宴に招いてくれたのだ。

やはり父親の血であろう。文学の才能が豊かだった。俳諧もよくした。

出奔した元家臣であったが、俳諧で一家をなした芭蕉を、恭《うやうや》しく迎え入れてくれたのだった。蟬吟公の面影がしのばれ、楽しい忘れられない宴となった。

その時の歌仙《かせん》が残る。

有名な、「さま〴〵《ざま》の事おもひ出す桜哉《かな》」の芭蕉の句に、探丸子は「春の日はやく筆に暮れ行」と付けている。前句《まえく》の下に探丸が「芭蕉子」という名を、付句《つけく》の下に芭蕉が「探丸子」という名を書いた。芭蕉は若い頃仕えた昔のままの桜を眺めて、さまざまの思い出に胸を熱くしたのだった。探丸も芭蕉と詠んだ句を筆にしたためる楽しさに時間を忘れ、気が付くともう日が暮れかかっていたと付けている。

江戸時代は身分制度が厳しく守られていたイメージだが、身分を超えた美しい交歓があったのである。

# 第一章　江戸で決意した行脚詩人の道

江戸に移った芭蕉は、水道工事の役人を務めながら、精力的に俳諧師としての活動を続けた。しかし、突然、表舞台から姿を消して、深川に隠棲することに。立身出世や物欲という一般世間の快楽に重きを置かず、風雅の魔心に取りつかれたのだ。ただ一方で、庶民には高価だった白米、酒、茶を嗜《たしな》み、贅沢な生活ができたのも事実。その背景には芭蕉の〝乞食《こつじき》〟生活を支えたパトロンたちの存在があった。そして、以後の俳諧人生を決定づける事件が起きる。芭蕉三十九歳のときのことだった。

## 水道工事に従事した芭蕉

俳聖と称えられた松尾芭蕉が、かつて工事監督として上水（水道）工事に携わったと聞いて誰もが驚く。しかし本当の話だ。「神田上水の浚渫《しゅんせつ》工事があるので契約している町は桃青に連絡するように」という趣旨の触書《ふれがき》が残っている（桃青は芭蕉の俳号）。江戸で俳諧宗匠の道を順調に歩んだが、宗匠で名を売るまでのアルバイトだったのだろうか。それとも幕府の役人として身を立てるべく励んだのだろうか。

初代の藤堂藩主高虎は、築城をはじめ土木工事全般で名高い。芭蕉はその藤堂藩ＯＢだから、アルバイトのリクルート活動も意外に容易だったのかもしれない。藤堂藩の側面支援も考えられる。

他にも素地があった。芭蕉の実家の近所に、高名な土木技術家でもある伊賀奉行西島八兵衛の屋敷があった。八兵衛は高虎に仕え、江戸城修築などで右腕として活躍した。四国にため池事業の大きな足跡を残してもいる。八兵衛の養子である百歳がのちに芭蕉の門人になっていることから、芭蕉は八兵衛の謦咳《けいがい》に接する機会があったと考えるのが自然だろう。

水道工事は幕藩体制の最重要インフラの一つだった。慶安四（一六五一）年に起きた「由《ゆ》井正雪《いしょうせつ》の乱」（慶安の変）でも、狙われたのがこの水道である。工事に係る査察権も持っていたというから、今でいう公安関係の部署といえる。藤堂藩の中でも忍者部隊を抱える伊賀は、江戸城大手門や大奥の警備も担当した。江戸城の半蔵門で有名な服部半蔵は、与《よ》力《りき》三十人、同心《どうしん》二百人を抱える八千石の旗本で、今ならさしずめ警察庁警備局長だ。

　ここで芭蕉は手腕を遺憾なく発揮する。ナンバー2の立場で、人集めから経理まで取り仕切ったらしい。後に二千人とも言われる門人を擁した蕉門CEOとしての事業家的手腕の萌芽である。そのまま行けば専門家として幕府に仕官する道もあったのかもしれない。

　しかし伊賀での若様の早逝に続く、二回目の挫折が訪れた。

担当だった千川《せんかわ》上水工事の堀普請が中止になったといわれる。さらに、逝去した四代将軍・家綱の跡目を公家にしようと画策した老中筆頭の酒井忠清が失脚し、老中・堀田正俊が擁立した家綱の弟綱吉が五代将軍になった。これと同時に酒井忠清の娘婿であった藤堂高久も権力を失ったのである。

　後ろ盾を失った芭蕉は、水道工事役人を免職され、隠密《おんみつ》のサポート役に左遷されたという説もある。

いよいよもう俳諧しか道がなくなった芭蕉だった。

## 深川に突然隠棲した芭蕉

江戸に出た芭蕉は、プロの俳諧師として売名に精を出していた。『桃青門弟独吟《どくぎん》二十歌仙』を出版したり、「発句《ほっく》也《なり》松尾桃青宿の春」という自己顕示あふれる句を作った。自分の名前を句に詠み込む派手さで、江戸・京・大坂俳諧宗匠番付で上位にランキングされ前途洋々だった。

が、延宝八（一六八〇）年冬になっての突然の隠棲。

なぜ表舞台から自ら降り、乞食生活覚悟で隠棲し、「櫓《ろ》の声波ヲうつて腸《はらわた》氷ル夜《よ》やなみだ」（１２４〜１２５ページ参照）の句を詠むほど境涯を嘆くに至ったのか？

「目立とう」から、「目立たぬように」への落差が不可解だ。作家が喜ぶような、芭蕉の生涯で一番の謎だが、原因は諸説ある。列挙するが、正解は一つとは限らない
①金目当ての点者《てんじゃ》（俳諧の優劣を判定する評点を付け点料を稼ぐ者）を嫌悪し、俳諧でわび

の求道者を目指したというもの。だが自分で選択した境涯を嘆くのは不自然。美化し過ぎの面もある。

②芭蕉の友人素堂が上野不忍《しのばずの》池に隠棲するなど、隠棲ブームが起きていたから。だが理由としては弱い。

③老中筆頭・酒井忠清の失脚でその娘婿だった藤堂藩主の藤堂高久が権力を失ったことから、巻き添えで水道工事役人だった芭蕉が免職、隠密のサポート役に左遷され、職務上目立たない深川への隠棲命令が出たから。

④芭蕉が江戸に伴った甥と言われる桃印《とういん》の存在。将軍家と親密な藤堂家が綱吉の厳格な治世を慮《おもんぱか》り、他国にいる領民の浮浪者化を防ぐため帰国令を出したが、家出したことで桃印の帰国が履行不能となり、芭蕉に監督責任が問われる恐れがあったからというもの。また、芭蕉の内縁の妻だった（異説あり）寿貞《すて》が桃印と駆け落ちし、その不義により問われる責任を芭蕉が免れるためという説もある。小説の恰好のネタだが作りすぎか。

筆者は隠棲に、点者を嫌う志の高さ以外の何か不本意な理由（③及び④）があると確信しているのだが、どちらにしても、芭蕉はこの挫折を逆手にとり、隠棲を「わび」実践の場とした。そして、西行の和歌、宋祇の連歌、雪舟の絵、利休の茶、に続く五人目となる決意をしたことは間違いない。四人の先達の情熱が、芭蕉によって俳諧で実を結ぶ。

芸術家としての画家と商業絵師が決定的に異なるように、芭蕉は俳諧師ではなく芸術家たらんとしたのである。その隠棲後の悲しいまでのストイックさは、生地伊賀の風土である〈霜多き身を刺すような冬の寒さ〉と決して無縁ではないだろう。

## 幕府の優等生だった芭蕉

「生類憐みの令」による極端な畜類の愛護で人民を苦しめた将軍として悪評の高い「犬公《いぬく》方《ぼう》」、五代将軍綱吉であるが、最近動物愛護や社会福祉の先駆者として株を上げているらしい。それはともかく、芭蕉は、綱吉が制定した「生類憐みの令」に呼応するかのように、カエルや虫、鳥などの動物愛護の句を作った。芭蕉は小動物に憐憫の情を抱き、また幕府の嫌う奢侈《しゃし》とは正反対の質素な生活を送ったが、意図したかどうかはともかく、いわば幕府に期待される元禄市民だった。次のような句も作っている。

かぴたんもつくばはせけり君が春　　芭蕉

将軍の威光に、甲比丹《かぴたん》（長崎出島のオランダ商館長）までが這いつくばって拝謁《はいえつ》することよ、という意味。幕府を手放しで礼賛している。芭蕉は上水工事という幕府を支える半ば公儀の仕事もしていたぐらいだから、むろん体制派だ。

一方で、芭蕉の一番弟子・其角の句を見てみよう。

**鯉の義は山吹の瀬やしらぬ分《ぶん》**　其角

鯉は当時、貴重なタンパク源である。浅草川（隅田川の一部の別称）の鯉は江戸の名物だったが、「生類憐みの令」により、この川一帯に殺生禁断令が出された。お留《と》め川である。「山吹の瀬」は当時、有名無実になっていた宇治川の名所だった。有名な浅草川の鯉も、「山吹の瀬」同様に昔語りになってしまった。それでも、川守《かわもり》（密漁を見張る役人）に少し金子《きんす》を与えれば目をつむってもらえ、鯉を獲れるという句だ。つまり、密漁である。山吹は金子あるいは小判の隠語。「知らぬ分に致し置く」というこの武士口調に、当時の多くの人々が溜飲《りゅういん》を下げた。幕政批判という大げさなものではないが、辛辣《しんらつ》である。

其角は町人で、しかも反骨精神が強かった。一方、芭蕉は意識として支配階級だった武士に属していたため、身分制度に関わる理不尽さには目が行かなかったようだ。

**猿を聞人《きくひと》捨子《すてご》に秋の風いかに**　芭蕉

猿の声に断腸の思いを聞く人への呼びかけの句だ。風雅を催す爽やかな秋の風が、同時に捨て子という弱者を苛《さいな》む無情の風でもあるという容赦ない現実。これをどうするのかと問うことにとどまったのである。

## 無職の芭蕉の生計は

立身出世や物欲という一般世間の快楽に重きを置かず、風雅の魔心に取りつかれた芭蕉である。

そんな芭蕉だから、本人は「乞食《こつじき》」という自覚を持っていたようだ。乞食（こじき）という言葉は、今日差別用語になっている。だが、芭蕉は頭陀行《ずだぎょう》（衣食住の貪欲を払いのける修行）、無所住《むしょじゅう》（何事にも執着しない無念無心で物事に対すること）といった生き方を、人間が本来あるべき究極の姿、一切の煩悩《ぼんのう》を捨てた人として、一種の尊敬のまなざしをもってみていた。軽視などするはずがない。これは高弟其角も同じである。

乞食にまつわる芭蕉のエピソードが残っている。伊賀蕉門を代表する服部土芳《どほう》の『三冊《さんぞう》子《し》』（門人の土芳が記した芭蕉の随聞記であり俳論書）によれば、芭蕉が門人との旅行で大坂に入るというとき、折からの雨にわざわざ駕籠《かご》から降りて菰《こも》（荒く織ったむしろの雨具）をまとった。その理由を門人が尋ねると、「このような大都会に入ると、とかく乞食行脚《あんぎゃ》の身を忘れ、風雅の道を外れ、俳諧もできなくなる」と答えたという。

また元禄三（一六九〇）年の歳旦吟に、芭蕉が乞食の句を詠んだため、京の他派俳人から、めでたい正月に非常識だと問題視された。これに対し、乞食に身をやつした高僧を詠んだこの句がわかる俳人が京にはいないのか、と反発したという。

**薦《こも》を着て誰人《たれびと》います花のはる**　　芭蕉

（凡愚の眼には物事の本質は見えない。新春薦をまとった乞食に身をやつしておられる高踏のお方はどなたであろう）

このように乞食を煩悩を捨てた聖人として崇《あが》めたぐらいだったから、貧しさは全く苦にならなかった。「米買《かひ》に雪の袋や投頭巾《なげづきん》」の句の通り、むしろ貧を楽しんだ。

ただ一方で、庶民には高価だった白米、酒、茶を嗜み、意外に贅沢な生活ができたのも事実だ。無職、無収入で、なぜそのような生活ができたのだろうか。

まず、芭蕉シンパと言ってよい、パトロンの存在がある。江戸に出てから、特に経済面を一貫して支え続けたのが杉風《さんぷう》だった。杉風は日本橋の魚問屋で幕府出入りの御用商人だったから、十分資力を備えていた。芭蕉庵という住まいをはじめ、衣食住全般にわたって面倒をみたようだ。特に深川に隠棲してからは、おんぶにだっこだったに違いない。後に、芭蕉が変風《へんぷう》（俳風の変遷）したことに戸惑い反発した古参の門人が多くいたなか、忠実に従ったのはこの杉風をおいてない。一番の心強い味方だったであろう。

その他、近所住まいだった友人の山口素堂や、『奥の細道』の旅の同行者である河合曾《そ》良《ら》というサポーターの存在も大きい。「もの一《ひとつ》我がよ（世）はかろきひさご哉」の句がある。「芭蕉六物」の一つで、素堂が四山と名付けた大瓢には、喜捨のお米が絶えなかったという。

また、点取俳諧を極端に嫌悪し、批点《ひてん》のお金は受け取らない潔癖な芭蕉だったが、連句会では、同席の連衆《れんじゅ》からのカンパが少なからずあったと考えられる。

さらに旅の生涯だったが、各地に散らばる門人がいずれもその地の有力者や金持ちだったから、旅先での接待や、短冊、揮毫《きごう》の心付には事欠かなかったであろう。

そして、『奥の細道』の旅が隠密紛いの側面があったことは後述するが、隠密のサポーターとしてのバイト収入を得ていた可能性がある。なぜなら、人一倍気の回る芭蕉である。上水工事の仕事も、江戸を離れての行脚生活も、杉風ほかの支援に頼りすぎを潔しとしなかったためであろうし、できる範囲で自活の方策を探るのが普通だからだ。

## 芭蕉とお七の火事

お七《しち》は江戸本郷の八百屋の娘である。このタイトルから、芭蕉とお七とのラブロマンスを期待される向きには肩透かしだが、「天和の大火」という同じ火事に出くわしたのが、この二人だった。そしてそれだけではない。この火事によって、以後の人生が、我が身を焦がすほどの壮絶なものに変わるきっかけとなったことでも共通している。一人は俳諧という「詩」の世界で、もう一人は「恋」の世界で。

天和の大火、いわゆる「お七火事」は、天和二年十二月二十八日（一六八三年一月二十五日）に発生した江戸の大火だ。午後三時ごろに駒込の大円寺から出火し、夜まで延焼し続けた。死者は最大三千五百人余という。

三十九歳だった芭蕉は、隅田川を渡って命からがら対岸へたどり着き、九死に一生を得た。其角の芭蕉追悼文「芭蕉翁終焉記《ばしようおうしゆうえんき》」には「潮にひたり、苫《とま》をかつぎて（菰《こも》を頭にかぶって）、煙のうちに生のびけん、是ぞ玉の緒のはかなき初め也。爰《ここ》に猶如火《ゆうによか》宅《たく》の変を悟り、無所住の心を発して」とある。芭蕉はこれを契機に無常観が募り、行脚詩人たらんと決意したようだ。

次にお七だが、その生涯には諸説ある。信憑性が比較的高いとされるのが『天和笑委集』だ。それによると、八百屋の家を焼け出され、家族とともに正仙院に逃れたお七は、避難生活中に寺小姓だった生田庄之介と恋仲になった。やがて店が再建されると、一家は寺を引き払った。だが、お七の庄之介への想いは募るばかりで、もう一度自宅が燃えれば、また庄之介がいる寺で暮らすことができると、会いたい一心で自宅に放火してしまう。火は小火《ぼや》にとどまったが、お七は放火の罪で捕縛され、鈴ヶ森刑場で火あぶりになった。井原西鶴の『好色五人女』で有名になり、文学や歌舞伎・文楽などで趣向を凝らした多様な作品のモデルになっている。

芭蕉は、旅で江戸を離れることが多かったとはいえ、戻った時は門人から事件を伝え聞いたであろうし、『好色五人女』も読んだかもしれない。しかし超然とわが道を行く芭蕉だったのだろう。これに関し何も書き残してはいない。

# 第二章　野垂れ死に覚悟の旅

旅中心の生活の始まりは『野ざらし紀行』だった。冒頭の句には、悲壮感に溢れた決意がうかがえる。また、『笈《おい》の小《こ》文《ぶみ》』では「西行の和歌、宗祇の連歌、雪舟の絵、利休の茶、それぞれの道の根本を貫く精神は一つ」という有名な「風雅論」を残した。『奥の細道』の旅には、信頼の厚かった一笑《いっしょう》の死に慟哭《どうこく》する芭蕉の姿もある。旅の道中で詠った句の数々と各地での逸話からは芭蕉の心の揺れ動きがありありと伝わってくるだろう。郷里伊賀への帰途では、落馬したエピソードも——。

## 芭蕉はなぜ旅に出たのか

芭蕉が、深川へ突然隠棲した理由はともあれ、江戸で表立った俳諧活動ができない状況に追い込まれたことは確かだ。

そして、隠棲してからほどなく、『野ざらし紀行』の旅に出て、以後は旅中心の人生を送ることになった。

芭蕉の敬愛する西行の、同行者もなく旅先に門人がいるわけでもない過酷な行脚とは比すべくもないが、それでも野垂れ死に覚悟の命がけの旅だったに違いない。

その動機を列挙するが、その何《いず》れもが一端を担うものだ。

①其角が「芭蕉翁終焉記」に「無所住の心を発し」と書いた通り、「お七火事」で焼け出され、命からがら逃げた経験から、一所に住みつく執着を持たない自由で広い心を抱いたこと。「無所住心《むしょじゅうしん》」は禅語である。

②西行、宗祇という行脚詩人への憧れがあったこと。

③元禄太平の「旅行ブーム」（お伊勢参りなど）の頃で、かつ生来の旅好きだったこと。

④他国へ出たものは五年目に帰郷せよという藤堂藩の掟《おきて》があったこと。「ビザ更新」のようなものだ。

⑤江戸にいて死に目に会えなかった母の供養のため。ちなみに、『野ざらし紀行』は一周忌、『笈の小文』は五回忌、『奥の細道』は七回忌に当たるが、その都度《つど》供養のため伊賀へ足を運んでいる。母への思いがいかに強かったかがよくわかる。

芭蕉は「花は自分に問いかける人に自らを語る」と悟り、格調の高い詩を目指した。死を覚悟してこそ深く一木一草に注がれる、旅人の心を欲したのだ。

『野ざらし紀行』の旅で成ったのが俳諧撰集『冬の日』。これは、芭蕉七部集《しちぶしゅう》の最初を飾る傑作で、芭蕉は旅が芸術の肥やしになると確信した。以後、旅という逆境に身を置き蕉風拡大に励んだ。

『野ざらし紀行』冒頭の句には、その悲壮といってもよい並々ならぬ決意がうかがえる。

**野ざらしを心に風のしむ身かな**　芭蕉

（野垂れ死んでその白骨が風雨にさらされることも覚悟して旅立つ我が身であるが、折か

らの秋風が心に深くしみいることだ）

また、『野ざらし紀行』の旅で成った俳諧撰集『冬の日』巻頭歌仙の発句をこう詠んでいる。

**狂句木枯の身は竹斎に似たる哉**　　芭蕉

（狂句〔俳句〕を詠みながら木枯しに吹かれて漂泊《ひょうはく》する我が身は、まるで仮名草子『竹斎』の主人公竹斎そのものだという意で、名古屋の俳諧連衆への挨拶句になっている。藪医者竹斎が狂歌を詠みつつ神社仏閣・名所旧跡を訪ね東海道を下る道中で滑稽や失敗を重ねる物語だが、尾張にも足をとどめたことに芭蕉が思いを寄せた）

さらに、芭蕉は近世特有の無機質な喧噪《けんそう》を嫌った。その代表たる江戸に馴染めなかったのだ。だから旅に出たという側面もある。

## 芭蕉は旅回り芸人か

蕉門も一日にして成らず。血のにじむような啓蒙・宣伝活動を必要としたことは疑いない。蕉門の成否を問う大きな賭けに出たのが芭蕉四十一歳のとき。悲壮感に包まれた『野ざらし紀行』の旅だった。

その蕉風を確立しようとする気迫の強さがよくわかる、一番弟子其角との歌仙の掛け合いがある。『野ざらし紀行』の旅の二年前、天和三（一六八三）年に出版された、其角の撰集『虚栗《みなしぐり》』にある「詩《うた》あきんど」歌仙の十五句目から十七句目だ。

沓《くつ》は花貧《ひん》重し笠はさん俵　　芭蕉
芭蕉あるじの蝶丁《たたく》見よ　　其角
腐れたる俳諧犬もくらはずや　　芭蕉

まず芭蕉の句。極貧で米俵の丸い蓋を笠がわりに頭に乗せている物乞いの乞食が、裸足《はだし》で落花の上を歩いているさまを詠んだ。

次はこれへの其角の付句。荘子が夢の中で胡蝶になって楽しみ、自分と蝶の区別を忘れたという故事「胡蝶の夢」を踏まえ、その胡蝶になった荘子を芭蕉がたたきのめすと応じた。『荘子』は談林のバイブルであり、それを打ち落とす芭蕉の意気込みを詠んだものである。

次も芭蕉の犬も食わないような陳腐な談林俳諧からの決別の句だ。腐ったとか、犬も食わないというような、後年の芭蕉からは想像できない露骨かつ辛辣な言い回しに驚く。前衛という言葉が相応《ふさわ》しいほどの俳諧革新への強い思いがひしひしと伝わる。

訪れた各地で俳諧の連衆を集め会を催すという門人獲得の旺盛な活動のなかで、桑名と熱田に芭蕉と同行したのが大垣在住の友人だった谷木因《ぼくいん》だ。芭蕉の営業力に舌を巻き、その著作『桜下《おうか》文集』に、「自分たち句《く》商人《あきんど》が俳諧を行商して回るから俳諧をお試し下さい、という落書きを桑名の多度《たど》大社《たいしゃ》にした」と記している。戯言《ざれごと》である。芭蕉は「旅回り芸人」ならぬ「句商人」つまり「旅回りセールスマン」だったのだ。

旅回り芸人と聞くと、芭蕉ファンは目を三角にするだろう。しかし、芭蕉は自分の俳諧を役に立たないものとして、「夏炉《かろ》冬扇《とうせん》」と言い切った人である。

また、次の句もある。

髪はえて容顔《ようがん》青しさ月雨　　芭蕉

青白い顔の自画像だ。芭蕉は自分を客観視し、自嘲する目を持つ詩人だった。だから「旅回り芸人」と揶揄《やゆ》されても、怒るどころか笑って肯定するだろう、あるいは自分からそう名乗っていたかもしれない。大きな人物なのだ。毀誉《きよ》褒貶《ほうへん》や貴賤や貧富といった浮世のせめぎ合いを物差しにしない。「俳聖」の「聖」とは本来そういう意味だ。

しかし、後述するが、そもそも芭蕉は世捨て人になって旅に出られる身ではない家族持ちだった。そして人一倍やさしい芭蕉だったから、家族への後ろ髪をひかれる思いは尋常ではなかったはずである。だが、それでも旅に出た。

風雅のためには、他の一切の犠牲も厭《いと》わない。自分の理性や意思を超えた狂おしい情熱を、人は悲劇と呼び、宿命と呼ぶ。

言葉による造型という、日常生活には無用の営為以外には生きがいを見いだせない芭蕉は、どうしようもなく芸術家だったといえるだろう。

各地を回れば相応の饗応がある有名人だから、もちろん糊口をしのぐ乞食行脚ではなかったが、金儲けのためでもない。蕉風を広め、俳諧を究めるためだった。芭蕉は自称していたかもしれないが、実際は旅回り芸人では毛頭なく、漂泊の詩人、孤高の詩人として強調されすぎの面はあるものの、旅という逆境に命を懸けた芸術家だったのである。

## 蕉門の医師たち

西鶴は意外にも下戸《げこ》だったが、対照的に芭蕉は相当いける口だったようだ。芭蕉は多病だったのだが、原因の一つが飲酒にあったのだろうか――。

芭蕉の門人のなかで豪商や武士と並んで多いのが医者だ。江左尚白《しょうはく》、野沢凡兆、浜田洒《しゃ》堂《どう》、中村史邦《ふみくに》、望月木節《ぼくせつ》のほか、其角と向井去来は医者の息子だった（ただ、医師といっても国家試験がなく誰でも開業できた時代だったから、医療行為を施すにはただ名乗るだけでよかった。一方、患者にとってはやぶ医者かどうかの見極めが難しかった）。

史邦は晩年病がちだった芭蕉に寄り添い、木節は臨終に立ち会っている。薬効がないため、他の医師の治療を望むかどうか門人が打診したが、芭蕉は最後まで木節を望んだという。

また、芭蕉が比較的若い頃に親交のあった本間道悦もその一人だ。道悦のもとで芭蕉が医術を学んだことはあまり知られていない。

道悦は元大垣藩士で、日本橋青物町の名医として芭蕉の主治医だったが、三十七歳の芭蕉が深川に隠棲した二年後、江戸から利根川水運の要《かなめ》である潮来《いたこ》に移り住み、診療所を開設している。

夏目成美《せいび》の著作『随斎諧話』に、芭蕉が常陸《ひたち》潮来の医師・道悦に就いて学んだとある。収入を得るためとは思われない。健脚ではあったが、句文「乞食の翁」に「老杜にまされるものは、ひとり多病のみ」と書いた通り、日頃から腹痛や痔疾に悩んでいた。長い行脚生活を続ける必要性から、医術を学んだことは十分考えられる。深川隠棲以後のストイックな生活も持病と無関係ではないだろう。

四十四歳の芭蕉は鹿島詣の旅で念願の仏頂和尚と会ったのち、数泊した自準（道悦）亭で『鹿島紀行』を著したといわれる。「帰路自準に宿ス」とあり、次の歌仙が載る。

**塒《ねぐら》せよわらほす宿の友すずめ**　主人（自準）

（友雀〔芭蕉のこと〕よ。この干し藁の中にでも塒をかけて〔粗末な家ながら〕さあお泊まり下さい）

あきをこめたるくねの指杉《さしすぎ》　客（芭蕉）
（垣として植えた杉がこんもり茂って、いかにも秋深い落ち着いた感じがします）

二人の親交の深さがわかるすがすがしいやりとりだ。

## 三重県で落馬した芭蕉

四十四歳の松尾芭蕉は貞享四（一六八七）年十月に江戸を発ち、鳴海《なるみ》、保美《ほび》（渥美半島先端）を経て、郷里伊賀で越年した。保美は、芭蕉と衆道《しゅどう》（男色）関係にあったと言われる名古屋の富裕な米穀商で愛弟子の坪井杜国《とこく》（万菊丸《まんぎくまる》）が、空米《くうまい》売り（現物なしの米取引）の科《とが》で領内追放になった地である。二月に伊勢に参宮すると、三月には謹慎の身の杜国との生涯で最も楽しいが一方危うくもあった二人旅で吉野の花見をし、高野山、和歌浦を経て奈良に到着、さらに大坂から須磨、明石まで漂泊した。

その紀行文が『笈の小文』である。冒頭には、「西行の和歌、宗祇の連歌、雪舟の絵、利休の茶、それぞれの道の根本を貫く精神は一つ」という有名な「風雅論」がある。

また、伊賀への帰途、杖衝坂《つえつきざか》で落馬した時に詠んだ次の句もみられる。

歩行《かち》ならば杖つき坂を落馬哉　芭蕉

（徒歩でなら杖をついて無事に上れる杖つき坂を、馬に乗ったばかりに落馬してしまったことよ）

句の後には、季語を入れ忘れたという弁解の言葉がある。無季の句として有名だ。ところで、芭蕉は由緒ある場所で落馬した。杖衝坂は現在の四日市市采女町にある。東海道五十三次の四日市宿と石薬師宿《いしやくしじゅく》の間に位置する急坂で、『古事記』には、この「杖衝坂」と三重県の「三重」の由来といわれる日本武尊《やまとたけるのみこと》の故事がある。

日本武尊（『古事記』では倭建命と書く）は、実在しないものの、大和朝廷が勢力を東西に拡張した時の勇者伝説に登場する。日本武尊は幾多の苦難の末に東国を平定したが、その東征の帰途、伊吹山の神との戦いで病に倒れた。それでも弱った体で大和帰還を目指したとされる。

その途中で剣を杖代わりにしてこの急坂を登った際の言葉が「吾足如三重勾而甚疲」（私の足が三重に折れ曲がってしまったようにひどく疲れた）だった。そして、能褒野《のぼの》（三重県亀山市、『古事記』では能煩野と書く）で亡くなったので御陵を建立すると、日本武尊は大きな白鳥になって大和をめざして飛び去ったという。美しい伝説だ。

芸術家・芭蕉ともなると、どこで馬から落ちても良いというものでもないらしい。

## 芭蕉と伊麻の奇跡

**手にとらば消《きえ》んなみだぞあつき秋の霜**　芭蕉

天和三（一六八三）年、江戸にいた芭蕉は母の死に立ち会えなかった。一周忌に故郷に戻った際に、遺髪を手に詠んだ句だ。母の遺髪も私の熱い涙で秋の霜のように消えてしまうだろう。八七五の字余り。真情の吐露に形式は無用だった。

そんな親への思慕の念の格別強かった芭蕉が、感銘を受けた話がある。孝女《こうじょ》・伊麻《いま》のエピソードだ。

伊麻は、寛永元（一六二四）年、南今市《みなみいまいち》（奈良県葛城市）の農夫の家に生まれた。家が貧しいうえに、幼くして母を失い継母を迎えるなど不遇だった。だが、ひがむことなく、父が喜ぶのを唯一の楽しみに弟と二人でよく働いた。十三歳の伊麻は農家、九歳の弟は商家の丁稚《でっち》奉公を始める。継母は父を見捨てたが、結婚して桶屋を開いた弟と、生涯独身で糸を紡いで働き続けた伊麻の姉弟二人は父への孝行に励んだ。

寛文十一（一六七二）年の夏、父が大和で流行した疫痢《えきり》にかかり危篤になった。鰻の肝が病気に効くと聞いた姉弟は八方手を尽くしたものの、なかなか手に入らない。困り果てていると、夜更けに台所の水瓶《みずがめ》から水の跳ねる音がした。見てみると瓶の中に鰻が躍っているではないか。父に食べさせるとたちまち全快し、残りの鰻を村人に分けると多くの命が救われた。「父を思う真心が天に通じた」と誰もが伊麻に感謝したという。

芭蕉が旅をした当時は、綱吉が儒教を重んじた将軍だったこともあり、孝子をたたえる風潮が諸国に広まっていた。孝子といえば、中国の有名な故事に「雪中の筍」がある。孟《もう》宗《そう》が冬に竹林に入って病母の好物の筍を得たという話だ。

貞享五（一六八八）年まで続いた『笈の小文』の旅で、四十五歳の芭蕉が六十五歳の伊麻を大和竹ノ内村に訪問している。伊賀の門人・窪田猿雖《えんすい》宛の書簡には、芭蕉が鰻のいた水瓶を見せてもらい、藁筵《わらむしろ》の上で茶や酒のもてなしを受けたとある。孝養の誠に触れ、同行の弟子・杜国ともども感激した。そして衣替えの季節だったので、衣類を売った代金を志として伊麻に贈った。同じ『笈の小文』に次の句がある。

**一つぬひで後《うしろ》に負《おひ》ぬ衣《ころも》がへ**　芭蕉

(今日は季節の節目の衣更えの日なのだが、何の用意もできない旅中なので、今までの厚着を一枚脱いで、背負う荷物に包んで行くことにしよう)

伊麻は父が死ぬまで孝行を続け、晩年は仏門に入り八十一歳で亡くなっている。この当時、孝子として話題の人だった伊麻への訪問を望んだ芭蕉だが、これは芭蕉が仏門に入るにはあまりにも俗世間に対する好奇心が旺盛だったことを物語る。

## 芭蕉と紅花大尽

人は紅い布を身にまとい、紅い色を顔にさす。紅の持つ跳躍力へのあこがれだろう。

**まゆはきを俤《おもかげ》にして紅粉《べに》の花**　芭蕉

(まゆはきを連想させる紅の花は女性の唇を彩る料ともなる。今が盛りだが、何と女性的でなまめかしく可憐なことよ)

『奥の細道』の旅路に尾花沢（山形県）で詠んだ句だ。眉掃きは、顔に白粉《おしろい》をつけた後にまゆを払う、化粧道具の刷毛《はけ》のこと。当時、紅色の色素は、紅花から微量しか採取できない貴重品だった。その一匁《もんめ》（三・七五グラム）が金一匁と言われた。原産地エチオピアから、シルクロード経由で六世紀頃に日本に伝来したらしい。別名、末摘花《すえつむはな》と呼ばれる。

最上川沿いの肥沃な土地が栽培に適し、江戸時代には出羽（山形県）産が質・量とも日本一だった。朝霧の乾かぬ間に摘んだ花を搗《つ》いてできるのが「紅もち」だ。これを積んだ船が、最上川をくだって酒田を目指し、そこから北前船《きたまえぶね》で越前敦賀《つるが》に陸揚げされて、琵琶湖経由で京へ運ばれる。そして、月ヶ瀬産の梅を加工してできる烏梅《うばい》という媒染剤《ばいせんざい》が加えられ、濃い紅色の臙脂《えんじ》に仕上がったという。

芭蕉の故郷の伊賀も紅花産地であり、伊賀にほど近い月ヶ瀬も梅林で名高い。芭蕉にとって紅花は郷愁を掻き立てる花だったろう。

その尾花沢で紅花問屋を営んでいたのが鈴木清風《せいふう》である。大名貸《だいみょうがし》をする程の「紅花大尽」だった。江戸商人の不買同盟への対抗策として、偽の紅花（染めたカンナ屑）を品川の海岸で焼き、価格をつり上げ大儲けしたと伝わる。だがその悪銭は吉原できれいに散財し、尾花沢に艶話《つやばなし》を残している。

吉原の高尾太夫を巡り、伊達藩主と恋敵になったこともある。高尾が清風に「君は今駒形あたりほととぎす」の句を贈るほど二人は相思相愛で、伊達藩主は嫉妬から身受けした高尾を斬殺する。清風は寺を建立し、その菩提を弔った。

清風は、自ら撰集を編むほどの旦那芸を超えた俳諧好きだった。紅花取引で江戸と行き来し、芭蕉とは自分の江戸屋敷で歌仙を巻くなど親しかった。『奥の細道』の旅に誘ったのはこの清風だとも言われる。

次に、この旅で芭蕉が清風宅を訪れた際の歌仙から一部を紹介したい。

**すゞしさを我がやどにしてねまる也**　芭蕉

**つねのかやり（蚊遣り）に草の葉を焼《やく》**　清風

従来の旅と異なり、知己や門人の少ない心許ない行程のなか、数少ない拠り所だった清風宅で、芭蕉は涼しさを満喫し、我が家のように寛《くつろ》げてうれしいという最上の挨拶句を贈った。ちなみに「ねまる」は寛ぐという意味の方言だ。芭蕉は清風の人柄について、「かれは富めるものなれど、志いやしからず」と高く評している。

## 一笑の死に慟哭した芭蕉

一笑の名は小杉味頼で、茶屋新七と称し製茶販売業を営んだ。蕉門の金沢における俊英で第一人者でもある。そして、一笑の俳諧にかける熱意に、芭蕉の信頼はひときわ厚かった。一方の一笑も長い間芭蕉を慕い、その来遊を待ち望んでいたのだった。数年にわたって書信のやり取りがあったと思われる。自分に会いたいという一笑の望みをかなえたい、会って越《こし》の月を一緒に愛《め》でたい、という芭蕉の思いも募る。その一念でひたすら金沢まで『奥の細道』の旅を急いできたのだった。その芭蕉が、愛する弟子の悲報に接したのは突然だった。七月十五日ここ金沢に着いて初めて知った芭蕉の驚きはいかほどだったろう。前年の冬に一笑は三十六歳の短い生涯を終えていたのだ。

**塚も動け我泣《わがなく》声は秋の風**　芭蕉

（あなたを悼《いた》んで泣く私の声は今秋風となって吹き荒れ、天も地も悲しみに満ちている。この声に応えてお墓も動いてほしいものだ。この句は七月二十二日、一笑の兄〔俳号ノ《べつ》

松《しょう》〕が追善の俳諧興行を催した際の作である）

俳句は自分の感動を詠むもので、通常であれば、わざわざ詠み手の「我」とか「吾」とかは入れない。芭蕉があえて入れた「我《わが》」という言葉は、ただの感傷ではない落胆の激しさを伝えている。「塚も動け」という呼びかけは絶叫とでもいうべきものだ。

前述したように芭蕉には、死に目に会えなかった母の遺髪を手に取り詠んだ句がある。

**手にとらば消《きえ》んなみだぞあつき秋の霜**　　芭蕉

また後で詳しく触れるが、一笑の金沢のあとに訪れた多太《ただ》神社（石川県小松市）では、木曾義仲と因縁の深い平家の武将・斎藤別当実盛の甲《かぶと》を見てこう詠んでいる。

**むざんやな甲の下のきりぎりす**　　芭蕉

これらの句もあるが、「塚も動け」のように感情を露出した作品は珍しいと言える。

そして芭蕉が『奥の細道』で、この慟哭の句の次に並べたのは、生をいつくしむ句だった。

**秋涼し手毎《てごと》にむけや瓜茄子《うりなすび》**　芭蕉

（秋の涼しさにくつろいで、瓜や茄子はめいめい自分で皮をむき生で御馳走になろうではありませんか）


一笑追善会《ついぜんえ》の前、金沢の別の門人亭で詠んだものだ。一笑という人の死も散る花や欠ける月と同じという達観があっただろう。人生が悲惨なものという覚悟があるからこそ、秋の涼しさも心地よく、瓜や茄子も格別だった。

芭蕉は一笑の死に接し、自らも俳諧のために死ぬ決意を新たにしたに違いない。一方の一笑も、決して芭蕉に会えなかった自分をとことん不幸だとは感じていないと筆者は思いたい。芭蕉の感動を私たちに伝えることができたのだから。

最後に一笑の辞世の句をあげておきたい。

心から雪うつくしや西の雲　一笑

「西」は西方浄土であることは言うまでもない。一笑追善会の参会者の句をもとに出版した追悼集は、この辞世の句から『西の雲』と題された。

## 芭蕉と木曾義仲

名将という名にふさわしい木曾義仲は、おごれる平氏政権を三年足らずで打倒した。信濃で挙兵し制圧した北陸から破竹の勢いで上洛し、征夷大将軍となって「旭将軍」と称せられたが、朝廷との折り合いが悪く、いとこの源頼朝が差し向けた義経の軍に討たれた。享年三十一。情に厚い武将だったという。

**義仲の寝《ね》覚《ざめ》の山か月かなし**　芭蕉

（義仲が真夜中に目を覚まし月を眺めた山かと思うと、月が何と物悲しく見えることよ）

芭蕉の出自である松尾家は、織田信長の伊賀攻めで殲滅《せんめつ》された伊賀の地侍だった。当時は土豪懐柔策で無足人と言われる郷士だったが、いわば敗残者の一族である。源氏の敗残者たるこの義仲や義経に共感を抱いても不思議はない。芭蕉は義仲のお墓の隣に自分を埋葬するよう遺言した。

**むざんやな甲の下のきりぎりす**　　芭蕉

この句は前述のとおり、『奥の細道』の旅で芭蕉が多太神社を訪れたときに詠まれた。句の背景には、斎藤別当実盛と義仲との戦《いくさ》がある。

実盛は元源氏の武将で、保元の乱、平治の乱では、源義朝に従う。平治の乱で敗れ東国に逃れる義朝を助けた。その後は平氏に仕え、武蔵国の荘園の別当職になった。そして、寿永二（一一八三）年には平維盛《これもり》らと、義仲を追討するため北陸に出陣する。

この戦は死を覚悟した老武者の故郷に錦を飾る最後の晴れ舞台だった。大将である平維盛の許可を得て、赤地の錦の直垂《ひたたれ》を着用、老年を隠すため白髪を黒く染めて奮戦したが、加賀篠原にて討ち死にした。

実は、義仲は幼いころに実盛に助けられている。義仲は清和源氏の嫡流である源為義の次子・義賢《よしかた》の次男として生まれたが、その翌年（久寿二〔一一五五〕年）に、父・義賢が、兄・義朝の長子である義平に武蔵国の館を急襲され討ち死にした。その時孤児となった義仲を救い、乳夫《めのと》の信濃国の土豪・中原兼遠《かねとお》のもとでかくまったのが実盛だったのだ。だから、義仲は差し出された首に見覚えがあった。だが、幼い時の記憶から黒髪に不審を抱き、実盛と親しかった樋口次郎兼光に首実検させた。

そのとき発した兼光の言葉が、「あなむざんやな、斎藤別当にて候ひけるぞや」（謡曲『実盛』）だった。

義仲は、幼時に実盛に助けられた恩を偲んでさめざめと泣いたという。

芭蕉の句はその兼光の発した言葉の引用である。兼光の言葉「むざんやな」は、義仲の言葉であり芭蕉の言葉でもあった。

そして、紀行文中には甲と錦の切《きれ》を見たとあるが、多太神社の実盛の甲は、義仲が戦勝祈願状に添えて奉納したもので、その時の使者は兼光だったという。

芭蕉はただの判官《ほうがん》びいきではない。人間が鳥獣の世界にとどまることを嫌った人である。義仲と実盛の美談も裏返せば、肉親同士殺《あや》めあう非情の世界に過ぎない。芭蕉の句は確固とした批判精神に裏打ちされたものだった。

## 芭蕉と明智光秀

元禄二（一六八九）年『奥の細道』の旅を終えた芭蕉が、伊勢の遷宮参詣の折、門人・島崎又玄《ゆうげん》宅に止宿した。又玄は伊勢の下位の神職である御師《おんし》、今でいう伊勢参拝のツアーコンダクターだった。義仲寺《ぎちゆうじ》に隣り合って立つ木曾義仲と芭蕉の墓碑を詠んだ「木曾殿と背《せなか》あはする夜《よ》寒哉《さむかな》」の作者として知られる。だが、御師同業者間の競争に敗れて、困窮していた。それでも又玄の妻は精いっぱいもてなしたという。感激した芭蕉は、この夫婦を励まそうと次の句を贈った。風羅《ふうら》坊《ぼう》は芭蕉の別号である。

**月さびよ明智が妻の咄《はな》しせん**　　風羅坊

（月よ、もっとさびた味わいで照らしておくれ。健気《けなげ》な明智の妻の話をしようではないか）

その話とは、明智光秀が出世する前の伝説のことを指す。光秀には出世の手段でもある連歌会を催すお金がなくて、客人に膳の用意もままならない。健気な妻・熙子《ひろこ》は、自分の黒髪を売ってその料とした。光秀は妻への報恩を心に決め、出世の後も終生妻へのいたわりを欠かなかったという。

光秀と熙子には別の伝説もある。光秀との婚約後、熙子は天然痘にかかり、美しい顔に痘痕《あばた》が残ってしまう。熙子の実家である妻木氏には潰したくない縁談だった。父の範熙《のりひろ》は熙子と瓜二つの妹・芳子に身代わりをさせる。だが、光秀はそれを見破り、心の美しさは変わらないとして、あくまで熙子を妻に迎えたという。ちなみに熙子は、細川ガラシャ夫人の母親だ。

のちに光秀は織田信長に仕え、近江坂本城主となり、惟任《これとう》日向守と称した。加えて丹波亀山城主のとき、毛利攻めの支援を命ぜられた。だがその時、天下取りのためには手段を選ばない信長を快く思っていなかったのか、本能寺に攻めて自害させる。しかし、天下もわずか十二日、豊臣秀吉との山崎の戦いに破れ、小《お》栗栖《ぐるす》で悲運の最期を遂げた。

その光秀が、本能寺の変の直前に愛宕山で連歌師・里村紹巴《じょうは》らを招いて興行した連歌が、「愛宕百韻」だった。

発句は光秀。

ときは今あめが下しる五月かな　　光秀

とき（時）を明智の先祖の姓の「土岐」と掛け、「雨が下」に「天が下」を掛けて、主人・信長殺害の宿願を祈請したという。

主君への裏切り者という悪いイメージ一色に染めるのは余りにも短絡で、実際は理知的で立派な人物だったようだ。

芭蕉は、非業の死を遂げた木曽義仲や源義経などの判官びいきであったし、詩歌を愛した光秀だからその思い入れもなおさらだ。芭蕉が人々に愛される理由の一つが、秀吉ではなく光秀を詠んだ、この敗者への暖かい眼差しにある。

## 芭蕉と伊勢

芭蕉が伊勢を詠んだいくつかの句と、この地とのかかわりを見ていきたい。

その前に、伊勢といえば、山崎宗鑑と並んで俳諧の祖とされる伊勢内宮神官だった荒木田守武の存在がある。後年に一禰宜《いちのねぎ》（長官）を務めた、室町後期の連歌・俳諧作者だ。もともと、伊勢の宇治山田は京都の文学者との交渉が密で文学の盛んな地であり、守武は、神宮奉納の『守武千句』で実作による作法を示した。

守武は、詠み捨ての座興だったものを「俳諧連歌」として本連歌から独立させた。ちなみに「俳諧」は「俳諧連歌」の略称だ。代表句は初天神を祝う発句である。

**飛梅《とびうめ》や軽々《かろがろ》しくも神の春**　守武

菅原道真を慕って紙のように軽々と飛んだ梅、なんとめでたい神の春であることよ、というのが句意。菅原道真の歌、「東風《こち》吹かばにほひをこせよ梅の花――」の梅の木が、都から道真の配所大宰府まで飛んで庭に生え匂ったという故事をふまえる。「飛梅」は天神の縁語で、「紙」は「かろがろし」の縁語。「神」を「紙」に掛ける。

そんな守武を偲んで芭蕉は、元禄二（一六八九）年九月、『奥の細道』の旅を終えて伊賀に帰る道すがら、伊勢中村にある荒木田守武神主墓所を訪ねてこう詠んだ。

**伊勢の国中村といふ所にて**

秋の風伊勢の墓原なほ凄し　芭蕉

西行の歌、「吹き渡す風にあはれをひとしめていづくもすごき秋の夕暮」を典拠に、伊勢の墓原はなお一段とものあわれが凄いと詠んだ。伊勢は死の穢《けが》れを嫌う神国ゆえ、墓所に人影がないことが前提としてある。

また、芭蕉は、姉が久居藩士に嫁していたといわれ、伊勢の久居を何度も訪ねている。久居藩は寛文九（一六六九）年に津藩（藤堂藩）の支藩として成立している。初代藩主は藤堂高通で五万石だった。二十九歳の芭蕉が初めて江戸に赴いた際、久居藩士の向日八太夫（卜宅）が同行したという。

芭蕉の人生最後の年である元禄七（一六九四）年の元旦に、江戸で詠まれたのが次の句である。新春を寿《ことほ》ぐこの歳旦吟に伊勢が出てくるのは、芭蕉の伊勢に対する思いの強さのあらわれだろう。

蓬莱に聞《きか》ばや伊勢の初便　芭蕉

中国の伝説で不老不死の仙人が住む霊山とされたのが蓬萊山で、これをかたどった正月の飾りものが「蓬萊」である。三方に松竹梅を立て、白米・歯朶《しだ》・昆布・ゆずり葉を敷き、橙《だいだい》・みかん・かちぐり・野老《ところ》・穂俵・転柿《ころがき》・伊勢海老・梅干などを飾る。

この句は、新春の床の間にある「蓬萊」を前にすると、伊勢神宮の清浄で神聖な空気が伝わり、伊勢からの初便りを聞きたい気分になる、という意だ。

芭蕉の晩年には、いよいよ伊勢俳人との交流が活発になっていた。芭蕉が晩年に唱道した「かるみ」の実践において、平易で俗語を駆使した伊勢の俳人（伊勢派）と響き合う所があったからだ。伊勢派は芭蕉の最晩年の門人・岩田涼菟《りょうと》と中川乙由《おつゆう》が伊勢に起こした俳風である。同様に卑俗で解りやすい作風の各務《かがみ》支《し》考《こう》の流派（美濃派）と連携して勢力を拡大した。

伊勢派は、平俗ゆえに低い評価を受けがちだったが、天明中興の担い手である佐久間柳居《りゅうきょ》、建部涼袋《りょうたい》、三浦樗良《ちょら》、高桑闌更《らんこう》などに影響を与えた点は再評価されている。

## 芭蕉の伊勢参りは何回？

歌仙のなかで、恋と並んで旅が詠まれたことからもわかるとおり、娯楽が少ない当時の人々にとって、最大の楽しみの一つが旅だった。

いまも使われている「下らない」という言葉がある。当時の江戸では、上方（京都）から下ってこない物、すなわち関東各地から入荷する「地廻り物」は安物という意味だ。江戸の人々にとって、高級品が送られてくる上方は憧れの地だった。

そんな当時の庶民の人生最大のイベントが、お伊勢参りである。伊勢参宮を目的とした講《こう》は「伊勢講」と呼ばれた。旅費を積み立て、くじで代表を選んで交代で参詣したのだ。京都に立ち寄るのがお決まりのコースだったという。

『奥の細道』の冒頭にあるとおり、無常観から行き交う年も旅人と感じた芭蕉だが、元禄の太平の世のなせるわざといえなくもない。

神仏への参詣の念が強い芭蕉だが、『奥の細道』の旅の帰りにも立ち寄り、お伊勢参りは格別だった。生涯で六度も訪れている（『野ざらし紀行』では、芭蕉は俗人だったが、剃髪して頭陀袋《ずだぶくろ》を下げていたので僧侶と見なされ、神前には入れなかったとある。僧尼拝所からの遥《よう》拝《はい》だったのだろうか）。二十年ごとに行われる遷宮に詣でた時の句がある。

**たうとさに皆をしあひぬ御遷宮《ごせんぐう》**　　芭蕉

（御遷宮の尊さに人々がみんな押し合いながら参拝することだ）

そして、伊勢参宮といえば、芭蕉没年の「鶯《うぐいす》に」歌仙の掛け合いも忘れがたい。

**参宮といへば盗《ぬすみ》もゆるしけり**　浪化《ろうか》
**につと朝日に迎ふよこ雲**　芭蕉

芭蕉は最晩年でも、俳諧人生で生涯手離すことがなかった連句の場で、快活な戯れの心を全く失っていない。

参宮とは、お伊勢参りのことで、当時誰もが一生に一度は叶えたい旅だった。浪化の前句は、奉公先の金銭を盗んで路銀（旅費）とし、「抜《ぬけ》参り」することを詠んだもの。「抜参り」とは、伊勢参りのため主人に無断で奉公先を抜け出すことで、丁稚や女中など五歳から十五歳位の若い奉公人にのみ許されていた。主人も、そのための持ち逃げなら仕方がないと許した。それだけ大きな、人生のイベントだったのだ。

芭蕉の付句は、その奉公先を抜け出た若者が、旅に出向く姿を詠んだものだ。そして朝日が出て輝くさまを、「につと」という笑顔を形容する言葉で表現した。「かるみ」である。若者の笑顔を同時に暗示しているのは言うまでもない。

一方、西鶴の没後に刊行された『西鶴織留《おりどめ》』はいわゆる「町人物《ちょうにんもの》」だが、そこにお伊勢参りの話がある。

二百から三百人単位の団体の参詣人が同宿し、泊り客が宿ごとに二千から三千人という数になる。そのもてなしの料理が興味深い。働き手が二百人は必要と思われるのに、わずかに二十人ばかりで切り盛りする手際よさに驚嘆している。

その一つが焼き魚だ。二千人分の焼き物を、たったの三人が鼻唄をうたいながら軽くこなす。まず左官が壁を塗るときに使う鏝《こて》のようなものを十枚ほど焼いておく。次に、煮えたぎった大釜に、魚を二十四匹ずつ入れた籠を沈めてゆで上げ、長い板に並べる。最後に、先の焼き鏝で、ゆでた魚の片面をざらざら撫でれば終わり、という具合。伊勢の焼き物は両面焼きではなく、片面焼きで風変りだと記した。

## 芭蕉が紀行を書いた理由

芭蕉には俳諧だけに終始しない大きな夢があった。それは、様々な古典を俳諧の世界に取り込み、その上で古典に劣らない紀行文や、今風に言うと俳文と画のコラボである画巻を創造することだった。

芭蕉は我が国の行脚詩人として、西行と双璧《そうへき》をなす。旅は芭蕉の文学活動の表舞台だった。古典に詠まれた名所を巡礼して、詩歌の伝統を探り、新風開発の血肉とした。紀行文はその結晶といえる。さらに芭蕉は文筆に長《た》けた文人だったから、俳諧だけでは表現しきれない思いが募ったこともあるだろう。

芭蕉は紀行に及ぶ前に、俳文を書いた。俳文は芭蕉精神の履歴であり、自画像といえる。俳文は発句の詞書《ことばがき》（前書）から出発した。そのため発句は俳文の末尾に置かれる形式だ。最初の俳文は、江戸で俳諧宗匠として高名になったのち、深川に隠棲した時のものである。前述したように不本意な理由が考えられる隠棲は、その後の人生や俳風の大転換でもあったから、十七文字で表現するには余りにも感情の起伏が大きく、またその揺らぎが複雑でもあったのだろう。

紀行は、芭蕉四十一歳のときの『野ざらし紀行』の旅（貞享元〔一六八四〕年）をその嚆矢《こうし》とし、『鹿島紀行』『笈の小文』（いずれも貞享四〔一六八七〕年）、『更科《さらしな》紀行』（貞享五〔一六八八〕年）、『奥の細道』（元禄二〔一六八九〕年）と続く。

　確かに、談林俳諧の崩壊した後、中央俳壇が低迷期にあった中での、地方俳壇の開拓という実利の一面は否定できない。しかし、具体的な用務があったわけではなく、無用、風雅の旅だった。そして、いずれも名利目当ての出版は頭になく、杉風をはじめ旅の支援者へのお礼に献呈したぐらいだ。あくまでも私記として書き、生前には刊行されなかった。それでも衆目を意識したかのような、完璧な出来栄えである。

　初めは旅の句の整理から始めたのだろう。反芻《はんすう》を重ねて深化し、紀行文として展開された。和歌を地の文中に挿入する従来のスタイルに倣《なら》うが、それにとどまらない。『笈の小文』には、「単なる旅の事実の羅列や先人の糟粕《そうはく》をなめてはならない」とある。これが芭蕉の紀行文学観だった。

　その意味で、『奥の細道』は、創作に大きく踏み出した画期的なものといえる。もともと西行や中世の行脚詩人・能因などの先人の旅を追憶する、幻想に満ちた巡礼だった。旅程と異なる記述や、架空の話を挿入したり、逆に事実を省略したり、風狂の主人公が風雅の世界をさ迷い歩く小説と言ってもよい、芸術作品になっている。

句と文の見事な融合。芭蕉の紀行文は国文学の最高峰の一つに位置付けられている。

## 芭蕉と河村瑞賢

「天下の台所」大坂の経済と「水の都」大坂の治水、両者の恩人といわれる河村瑞賢《ずいけん》。生地の三重県度会《わたらい》郡南伊勢町（当時は伊勢国度会郡東宮《とうぐう》村）に銅像が建立されている。

その瑞賢は霊岸島に居を構え、芭蕉とも交流があった。海運で偉業を成した瑞賢と、専ら行脚で偉業を成した芭蕉。故郷が近く、今でいう同じ三重県人である苦労人の二人がどのような話を交わしたか興味深い。これから瑞賢の波乱万丈の足跡をたどってみよう。

瑞賢は貧農の生まれだったが、十三歳の頃に江戸へ出て車力《しゃりき》となり、江戸幕府の土木工事の人夫頭を務めた苦労人である。明暦の大火の際に木曾福島の材木を買い占め、莫大な利益を得た。また、品川の崖の下に漂流する盂蘭盆《うらぼん》の瓜や茄子を漬け物にして売り、財を成したという。実務家ながら、機敏な商才を兼ね備えていた。

さらに、今でいうディベロッパーとしての天分があった。老中で相模国小田原藩主・稲葉正則と接触し、幕府の公共事業に関わる。瑞賢が幕命を受けて行った事業のうち東廻り・西廻り海運の刷新と淀川河川の改修が二大功績だ。

まず、寛文十一（一六七一）年、新たな航路（東廻り航路）を開いた。それまで奥羽から江戸へ米などを輸送する場合、利根川河口の銚子で川船に積み換え、そこから江戸へ運んでいた。それを、阿武隈川河口の荒浜から房総半島に向かい、相模国三崎、又は伊豆国下田へ入り、西南風を待って直接江戸湾に運ぶようにしたのだ。

続いて翌寛文十二年には、出羽国最上郡の米や紅花を江戸まで運ぶために、出羽国酒田から日本海沿岸を回って瀬戸内海から大坂、紀伊半島を迂回、遠州灘を経て江戸に入る航路（西廻り航路）を開いた。東廻りの航路だと津軽海峡の波が荒く事故が多発するための回避策だったが、輸送に要する時間と費用を大幅に短縮することに成功した。「芭蕉と紅花大尽」の項で触れたとおり、山形産の紅花はこの西廻り航路を使って京に運ばれたのだった。ここでも芭蕉と瑞賢が不思議に繋がっている。

この東西航路は、幕府の天領の年貢米の回漕を容易にし幕府の財政の礎を築く一方、大坂の天下の台所としての地位を約束するという意味で、画期的なことだった。

二つ目は淀川河川の改修である。河口付近の港では上流から流入する土砂で港が閉塞する問題を抱えていたが、瑞賢は上流の治山と下流の治水の一体整備の必要性に着目した。

天和三（一六八三）年、若年寄の稲葉正休《まさやす》が延宝二（一六七四）年に大洪水の発生した淀川の視察に訪れた際、瑞賢が案内役を務めた。この翌年、江戸城中で大老・堀田正俊を刺殺するのがこの稲葉正休だ。淀川治水費用に四万両が計上されたことに不審を抱いた堀田正俊が、随行した瑞賢から二万両でも可との意見を得、正休を事業から外した。その怨《うら》みからという説がある。瑞賢の治水策は徐々に幕府上層部に認められ、淀川下流の治水工事を任される。分流の一つである安治《あじ》川を開削した際に出た土砂を積み上げてできたのが、安治川入港の目印となる波除《なみよけ》山で、俗に瑞賢山と呼ばれたほどである。

瑞賢はその功で元禄十一（一六九八）年に幕府普請方の旗本に加えられた。

# 第三章　神様か、大山師か

---

忍者説が付きまとう芭蕉は、美食家で、バショウ好き、そして、月おたくだった。またときには自ら「笠作《かさつくり》の翁」と名乗った。そんな芭蕉が、日常生活の身の回りに必要としたのが「六物」である。質素な生活を送った〝ぼんぼん〟芭蕉の嗜好から女性観までその素顔に迫る。

一方で、芥川龍之介が芭蕉を「大山師《おおやまし》」と評し、正岡子規が「芭蕉の俳句は過半悪句駄句《だく》」と断じたのはなぜなのか――。

## 芭蕉は忍者だったか

「芭蕉は忍者だった」というのは、芭蕉の生涯を面白おかしく描くには格好の材料だ。すっかり手垢にまみれているこの忍者ネタだが、少し触れてみたい。

確かに芭蕉は生涯にその香気（?）をふんぷんと放っている。傍証が多く、真っ赤な嘘でもなさそうだ。

最も頻繁に扱われる材料は、『奥の細道』の旅である。行程の不自然さ、年不相応な脚力、隠密活動をしたといわれる地での長逗留《ながとうりゅう》、査察目的といわれる登城の様子、同行した曾良が幕府巡見使《じゅんけんし》（江戸幕府が監察のために諸国に派遣した役人）の随員だったこと、路銀の出所などなど、疑いの目で見れば見るほど、際限もなく広がる。

自国を離れ、他国に出るのが至難の時代に、自由に行き来できた数少ない職種が旅芸人と並んで俳諧師だった。隠密活動を堂々とカムフラージュできたというわけだ。

そもそも、前述したように、かつて芭蕉が奉公した藤堂藩は、江戸城警護の任にあったし、幕府の隠密活動、いまでいう公安・警察庁警備局を所轄する別格譜代だった。致仕してからも芭蕉の生涯にわたって藤堂藩が見え隠れしている。

さらに、芭蕉の江戸での上水工事への関わりである。水道工事という公安に関わる仕事は、一度首を突っ込むと足抜けしにくかった可能性も考えられる。

また、深川へ逃げるように隠棲した不自然な行動も〝隠密説〟を後押しする。江戸を代表する俳諧宗匠になりながら、江戸での表立った活動を避け、全国行脚の旅の生活をしたことに疑いの目が向けられるのだ。火のないところ――どころか、相当きな臭い。

忍者と言うと黒装束を思い浮かべるが、それは農民が兼業とした下忍《げにん》だ。芭蕉の黒ずくめの恰好は見てみたいが、芭蕉は下忍では毛頭ない。では中忍《ちゅうにん》の隠密だったのか。その可能性も低いが、バイプレーヤーないしはサポーターだった可能性はあるかもしれない。ちなみに隠密になれるのは武士で、旗本だった服部半蔵は、その上の上忍《じょうにん》だった。

ただ、もし隠密活動に関わっていたことがあったとしても、芭蕉の多色性を豊かにしこそすれ、その偉大さには何ら影響しない。だが興味は尽きない。

## 伊賀流忍者と徳川家康

後先になるが、現在の伊賀市と名張市を根拠地とした伊賀流忍者について少し説明しておきたい。伊賀市は今も「上野忍町《しのびちょう》」という町名があるほどの忍者の里であり、一方で名水の里・名張市には忍者の修行場があったと伝えられる「赤目《あかめ》四十八滝《しじゅうはちたき》」がある。

まずその起こりだが、鎌倉・室町時代、伊賀国は小領主が群雄割拠して争いが絶えず、民が自らを守るためゲリラ戦の技を磨く必要に迫られたこととされる。その後、戦国時代になると戦国大名に召し抱えられた。

忍者は敵の本拠地に侵入して夜討ちをかける戦闘集団のイメージが強いが、最重要任務は敵方の状況を主君に伝えることであり、極力戦闘を避け生き延びて戻ることが最優先だった。畢竟《ひっきょう》、忍術には身を守るためのものが多い。

平和な江戸時代になると戦闘する機会がなくなり、任務は完全に情報収集や警護へと変わった。仮に芭蕉が関わっていたとすると、その役目が諸藩の情報収集だったことは疑いない。

忍者は毛利元就《もとなり》配下の「座頭衆《ざとうしゅう》」など各地に存在したが、最も有名なのが伊賀流忍者と甲賀流忍者だ。何故か。伊賀も甲賀も京に近いため戦略的に重要な地だったことと、特に伊賀流忍者が、忍術や戦闘能力に優れ数多くの戦で貢献したことが挙げられる。伊賀流忍者の特徴として目を引くのは、甲賀流忍者が一人の主君に忠義を尽くしたのに対し、彼らは雇い主と金銭契約以上の関わりを持たない一匹狼的なプロ集団だったことだ。伊賀流忍者が小説や映画などの主人公になりやすいのも肯《うなず》ける。

そして伊賀流忍者の逸話で有名なのが「神君伊賀越え」と呼ばれる徳川家康の決死の逃亡の際の活躍である。天正十（一五八二）年、本能寺の変が起こる数日前から、家康は武田戦の勝利を祝う織田信長の招きで上方を遊覧し、堺から京へ向かう途中だった。しかし、そこで事件の一報に接する。家康は供廻り（従者）がわずか三十四名だったため、一時は自刃も覚悟したが、陸路「伊賀越え」により伊勢に行き、そこから海路で三河国へ戻る最短ルートでの帰国を決意した。

道中最も危険な伊賀越えの際、加太峠《かぶととうげ》には危険な野伏《のぶし》たちが潜んでいたが、服部半蔵はじめ武装した伊賀衆の警護により無事に通過できたといわれる。伊賀者の救援を得て脱出を図る策を進言したのは半蔵だったようだ。

無事三河に帰還した家康は、その恩義に報いるため、伊賀衆を徳川家の隠密団である伊賀組同心として召し抱える。半蔵がその隠密頭だったことは先に述べた。

伊賀流・甲賀流忍者は、映画や小説で善玉と悪玉に分かれることが多く、宿敵同士のイメージが強いが、実際は山一つ挟んだ隣人であり敵対しても何の得もないことから、むしろ協力関係にあり、特に外敵に対抗する際には一致団結したようだ。

確かに、家康が「神君伊賀越え」で命からがら逃げ延びることができたのは、両者の協力があってこそのことだった。

## 芭蕉は女好きだったか

これも芭蕉評には欠かせないネタのひとつだ。芭蕉を描くのに、謹厳実直で石部《いしべ》金吉《きんきち》風の白黒画面の風合いも味わい深いが、色付きの華やかなシーンもできればほしい。実際に芭蕉を陰で支えた女性がいたという内容を記した書物が発見されたとき、神様ではなく人間だったと、人々がホッとしたという。

女好きにつながる材料を並べると――。

①故郷の伊賀に口碑《こうひ》が残る。一つは「おなごはんがお好きやったらしいですなあ」というものだ。男はみんな女好き。しかし、それをことさらに言われるのは何かスキャンダルがあったのだろうか。小姓として仕えた藤堂新七郎家の若様（俳号蟬吟）の奥方・小鍋《こなべ》とできたとか、奥女中に手を出したとか、諸説ある。小説で伊賀を出奔した理由を裏付けるネタに使われることが多い。

もう一つは、芭蕉研究の泰斗《たいと》だった菊山當年男《たねお》氏が、著書『芭蕉雑纂《ざつさん》』に記したものだ。主家の旧邸がおかれていた築地《ついじ》の傍らに古井戸があり、そこに残された口碑には、「藤堂家の侍女が身を投げた井戸だ、芭蕉との恋に破れて妙齢十余歳の命を、黒髪の乱れ心に絶ち切った井戸だ」とある。菊山氏は、若く美しい御殿女中が広い御屋敷に装いをこらして若殿様を取り囲むなか、主君寵愛のエリートで御殿勤めのモテ男だったと思われる芭蕉が童貞を守れたかどうか、とも述べている。

かかる伝説を非科学的と言って無視するのはたやすいが、それは却って真実から遠ざかることになるのではないだろうか。

②耳学問ではなく実際に通じていないと詠めない恋句の名人だったことも一因として挙げられる。深川に隠棲する前に上水工事に携わり、接待を受ける機会も多かったのではないだろうか。

鮮やかな掛け合いの恋句をいくつか見てみよう。

見ぬふりの主人に恋をしられけり　　晋子《しんし》（其角）
すがた半分かくす傘《からかさ》　　芭蕉

（奉公先の商家の主人は知らないふりだが、わが恋を知られてしまった。しかも気まずいことに、その主人と道でばったり出くわしてしまった。思わずさしていた傘で姿を隠したが身体の半分しか隠せない。乙女の恥じらいを美しく表現した）

**上《うは》をきの干葉《ほしば》刻《きざむ》もうはの空**　野坡《やば》
**馬に出ぬ日は内で恋する**　芭蕉

（食事の支度をする宿場の下女が、男に焦がれ、めしに盛るおかずの干葉を上の空で刻んでいる。恋人が馬方で、馬子の仕事が休みの日は内で情事にふけるのを知っているからだ）

**宮にめされし憂名《うきな》恥かし**　曾良
**手枕《たまくら》にほそき肱《かひな》をさし入《いれ》て**　芭蕉

（皇族に召されての添い臥しに、恥じらいながらも初々しく手枕をして差し上げた。そのことが噂になって恥ずかしい）

足駄《あしだ》はかせぬ雨のあけぼの　越人《えつじん》
きぬぎぬやあまりかぼそくあてやかに　芭蕉
（折からの雨に高下駄を履いて帰るのも煩わしい曙、後朝《きぬぎぬ》〔共寝《ともね》した男女の翌朝の別れ〕に際し恋人が余りにもか弱く上品な風情なので、いよいよ別れがたいことだ）

隣をかりて車引こむ　凡兆
うき人を枳殻垣《きこくがき》よりくぐらせん　芭蕉
（久しく訪れてこなかった恋人が、隣の家を借りて車を引き入れた、あんな薄情な男には、門を閉めたままにしておき、こちらに来たいなら隣との間の枳殻垣〔枝に固い棘《とげ》がある生垣〕の下をくぐらせ、待ち焦がれる我が身の辛さを思い知らせてやりたいものだ）

御頭《おかしら》へ菊もらはるるめいわくさ　野坡
娘を堅う人にあはせぬ　芭蕉
（丹精込めて作った菊を気に入った上役に召し上げられるのは迷惑というもの。だから余計に年頃になったわが娘は人目に触れさせず噂など立てさせまい）

他の材料としては次の二点がある。

③妾・寿貞《すて》の存在（異説あり）も挙げられる。ただし、当時の妾は愛人ではない。正式に妻を娶《めと》ることが叶わない場合に認められていた内縁の妻を指している。

④衆道好きだったともいわれる。当時、衆道は何ら恥ずべき色道ではなく、公認の恋愛だった。愛弟子・杜国との関係は有名だ。旅で同宿した際、芭蕉が戯れて杜国の「いびきの図」を描き残している。

芭蕉は決して禁欲主義の堅物ではなかった。豊かな人間性に溢れた偉大な俗物だったといえるだろう。

## 芭蕉の女性観と寿貞

浪化は越中（富山県）井波の瑞泉寺住職で、季吟の門に学び、去来の紹介で芭蕉に入門した。そして越中俳壇の中心となって蕉風をひろめた。浪化が記した物語に、芭蕉が感心した老夫婦のエピソードがある。

肥後の山中で芭蕉は、背負った薪を下ろして休憩する五十路《いそじ》の老夫婦と出会った。いたわり合う夫婦に話しかけると、夫が、「毎日山里から城下へ薪を売りに出向き、その日の糧《かて》を得て日が暮れれば帰る。仏恩に感謝するばかり。山中に疲れたら足を空に向けて雲を見る楽しさは格別だ」と言った。

この老夫婦の妻のように、身分が低くとも嫉妬や偽りなく誠実に生きる女性に勝るものはない、と芭蕉が門人に語ったらしい（内田魯庵『芭蕉庵桃青傳』より）。

また門人・凡兆の物語によると、あるとき芭蕉が戯れに、我が身の卑しさを考えれば官女と語らうのははばかられ、我が心の鈍さを思えば傾城《けいせい》（遊女）とは更に交際しにくい、一番ふさわしいのは黒木《くろき》売《うり》（薪を頭にのせて京都市中を売り歩いた女性。大原女《おはらめ》とも言う）だと語ったという（同）。

芭蕉も男だ。伊賀に女性がらみの口碑が残っていることは先に述べたが、恋の過ちがあったかもしれない。実際、恋の句の手《て》練《だ》れでもあった。江戸・深川に隠棲するまでの頃は艶色に親しんだこともあったろう。

それでも禅学の影響もあり、かかる誘惑には超然と生きる決意をしたことは疑いない。

特に深川隠棲以後は清廉潔白な一生を貫いた。この高潔な人柄が多くの門人の崇《あが》めるところとなり、神聖化につながってゆく。

寿貞の芭蕉妾説は、芭蕉没後何年かして刊行された風律の『小ばなし』にある。門人・志《し》太《だ》野坡が語った話として、「寿貞は翁の若き時の妾にてとく尼になりしなり」が残っていることによる。諸説あるが、寿貞が芭蕉の甥といわれる猶子（養子）・桃印の妻だったとすると、元禄六（一六九三）年に結核で亡くなった夫の看病疲れと感染があったのだろう。芭蕉が最後に上方に上った翌七年閏五月末頃、深川の芭蕉庵で息を引き取った。芭蕉は、六月八日、京都嵯峨にあった門人・去来の別邸落柿《らくし》舎《しゃ》でこれを知る。近しい身内として寿貞をいかに慈しんだかは、訃報に接した時の芭蕉の言葉「寿貞無《ぶ》仕合《しあはせ》もの（中略）何事も／＼ゆめまぼろしの世界、一言理屈は無之候」から十分くみ取れる。そして、次の追悼句を手向けた。

**数ならぬ身となおもひそ玉祭り**　芭蕉

（今日の魂祭りに冥福をお祈りする。不遇だったが決して取るに足らぬ身だったとは思わないで成仏してほしい）

## 芭蕉はぼんぼんだったか

このタイトルを奇異に感じられる方も多いかもしれない。親の七光りなどのない、たたき上げの苦労人である芭蕉のイメージにそぐわないからだ。もちろん生涯一度も経済的に豊かだったことはない。ではなぜ〝ぼんぼん〟なのか。

気質の話である。自責・他責の諸困難にあっても、主家、友人、師匠、弟子の暖かい支援や友情に包まれ、それに甘え続けたキャラクター。非難ではなく、皮肉でもない。支援を惜しまなくさせる、その品格への称賛だ。

逆境にもうろたえない、順境には尚更がつがつしない、のほほんとした、宗教的な悟りというより天性の愛らしい、例えれば、人間から無限の愛情を授けられるべく神様がお創りになった猫のような存在とでもいえばいいだろうか。挫折の都度、様々な支援を得て再起し、また自分の心に忠実に、気ままな一生だった。気質だけではなく、ぼんぼんとまでは言えないものの、多分に恵まれた生涯を具体的にたどってみよう。

①実家は下級武士で裕福ではないが、父代わりの兄の庇護のもとで育った。武家に恥じな

い十分な躾《しつけ》がなされた育ちの良さがある。
②侍大将への武家奉公で、若様の小姓として主君から名の字を賜りエリートコースを進む。
③若様早逝で仕官叶わず挫折するも、俳諧師を視野に北村季吟を頼って京都遊学（？）。
④江戸では藤堂藩の後押しで水道工事の役人に抜擢される。
⑤江戸の季吟門人の後押しもあり俳諧師として出世街道を歩んだ。

隠棲して他人の施しを受ける身を恥じながらも、無職無収入で旅行三昧だった芭蕉。「（八百屋）お七の火事」のあと友人の寄進で再建された芭蕉庵を、『奥の細道』の旅の路銀の為に売り払うにいたっては、たとえ無断ではなかったとしても、ぼんぼん気質以外の何であろう。

## 神様になった芭蕉

損得ずくめの塵垢《じんこう》の外に遊び、死生を超えて「清閑」の境地に立つことを理想とした俳聖芭蕉。讃美のこだまの中、その存在が神格化されたのは、寛政五（一七九三）年の芭蕉百回忌の頃からという。「桃青霊神《れいじん》」とか、「花の下《もと》大明神」と呼ばれた。花の下は西行の歌「願はくは花の下にて春死なんそのきさらぎの望月のころ」からきている。当時の俳人が滑稽のスパイスをきかせて付けた呼称なら面白いが、どうもそうではないらしい。真面目なようだ。明治以降も、特に旧派の俳人は芭蕉を神として尊崇した。

しかし、それは虚像であると異を唱える猛者《もさ》たちが現れる。相手は俳聖・神様だが、勇気をもってけなした。

まず正岡子規がその一人だ。芭蕉の句の過半を「悪句駄句」と論じた。芥川龍之介も『続芭蕉雑記』に「禅坊主は度たび褒《ほ》める代りに貶《けな》す言葉を使うものである。（中略）彼は実に日本の生んだ三百年前《ぜん》の大山師（筆者注：詐欺師）だった」と記す。

だが、二人とも芭蕉を尊敬するファンだった。愛情の裏返しだ。事実、子規は芭蕉が他の追随を許さないのは雄渾豪壮さだと讃《たた》えてもいる。

比較的最近では、嵐山光三郎が『悪党芭蕉』で、したたかな芭蕉像を描いた。門人間の内ゲバを収め、二千人ともいわれる蕉門を率いた事業手腕はただものではない。悪党は言い過ぎだが、世間智に長けたやり手（元の意味は遊郭で遊女を取り仕切った女性）だ。

また芭蕉が得意とした「連句」の「恋句」にスポットを当て、人間臭い芭蕉像を描く試みも多い。

大垣藩次席家老の戸田如水《じょすい》は、「心底《しんてい》計り難けれども、浮世を安く見なし、へつらわず奢らざる有様也」と芭蕉を評した。冷静かつ的確な評と思われる。芭蕉は漂泊の詩人、俳諧を芸術に高めた孤高の求道者というピュアなイメージだが、実際は仏像が見るものによって表情を変えるように多色だ。

芭蕉は生まれつきの聖人ではない。「幻住庵《げんじゅうあん》の記」で自ら「仕官懸命の地（生活のより所）をうらやみ」と記したとおり、人並みに栄達を望む煩悩多き野心家だった。その偉大さは、いかに煩悩を捨て聖人と称えられるまで自己陶冶《とうや》したかにある。その直向《ひたむ》きに精進したプロセスに私達は心を揺さぶられるのだ。

## グルメだった芭蕉

グルメと言えば開高健。女性と味覚の描写に長ければ作家として一人前という氏の言葉通り、味蕾《みらい》がざわつく表現を求め腐心した。

それはともかく、芭蕉の武家奉公は、若様の小姓のほかに、台所用人だったと伝わる。食べ物に関心が強いわけだ。かかる俳句も数多い。

苔《のり》汁の手ぎは見せけり浅黄《あさぎ》椀　　芭蕉
（この浅黄椀の海苔汁の料理さばきはみごとなものだ）

似あはしや豆の粉《こ》めしにさくら狩　　芭蕉
（桜狩りには黄な粉のおにぎりこそ似合わしい）

水無月や鯛はあれども塩くじら　　芭蕉
（暑さの厳しい六月は鯛はもちろん結構だが、塩鯨の淡白な涼味が何よりだ）

清滝の水汲《くみ》よせてところてん　　芭蕉
（清滝川の清流を汲んで冷やした心太《ところてん》が格別だ）

初真桑四《よつ》にや断《たた》ン輪に切《きら》ン　　芭蕉
（この真桑瓜の初物は、四つに割るか、それとも輪切りにしようか）

ちさはまだ青葉ながらになすび汁　芭蕉

（夏になっても青葉のままの萵苣《ちしゃ》の和《あ》え物に、初物の茄子汁。すばらしいもてなしだ）

あら何共《なんとも》なやきのふは過《すぎ》て河豚《ふくと》汁　芭蕉

（昨日河豚《ふぐ》汁を食べて心配していたが、今日も何ともなくてよかった）

門前の小僧で、たしなみ程度の料理の心得はあったようだ。芭蕉の料《りょう》る姿を想像するのも面白い。ちなみに、生家の離れに故郷の門人から贈られた無名庵《むみょうあん》で、生涯最後の月見の宴《えん》が催された。芭蕉は手ずから点茶《てんちゃ》に続く、懐石の膳を振る舞った。芭蕉自筆のメニューが残るが、野の物山の物中心にあくまで閑雅だ。

ストイックな芭蕉からは限りなく遠いイメージだが、意外にグルメだった。だが、ただの美食家ではない。「衰《おとろ》ひや歯に喰《くひ》あてし海苔の砂」（海苔に混じった砂を噛んでしまい、身体の衰えをしみじみ感じることだ）の句の通り、心耳《しんじ》を傾けることは忘れない。

まず酒だが、好物だった樽酒を門人から贈られ喜ぶ句を残す。

**呑《のみ》あけて花生《はないけ》にせん二升樽**　　芭蕉

（咲き誇る桜花を生けるのに恰好なので、この二升樽を飲みつくして空にしようではないか。酒樽が尾張から届いたので、門人たちを集めて連句を巻いたときの吟といわれる）

だが、持病として胃腸が弱く、普段は自重していたようだ。

そして茶人《ちやじん》と呼べるほどの喫茶好きで、貴重な茶葉の中でも、駿河の安倍茶よりも高級だった京都の宇治茶を友人に所望するほどだった。次の句が残る。

**しばの戸にちやをこの葉かくあらし哉**　　芭蕉

（芭蕉が深川に隠棲した当時の句。嵐が粗末な草庵の戸や障子に木の葉を掻《か》き寄せる、その音が焙炉《ほいろ》で焙《あぶ》る茶の葉のようだという意。当時はブリキ缶のような防湿の容器などはないため、茶を入れる前に、その都度炭火にかけ蒸した茶を焙炉で焙って乾燥させた。そして耳を澄ませ、音の変化で茶葉の乾燥具合を測った）

**山吹や宇治の焙炉の匂ふ時**　　芭蕉

（宇治の焙炉から茶の葉が匂い立つこの時期、山吹も今が盛りだ）

利休の茶の心に風雅の極《きわ》みを見ていた芭蕉だが、もともと故郷の伊賀はお茶の盛んな所。先に少し触れたが、藤堂藩の開祖である高虎公は、徳川家康の茶会のメンバーで、家康の腹心や古田織部ら大茶人と同席する機会が多かった。のちに高虎が催した茶会に二代将軍秀忠を招いたほどである。

そしてこの高虎の世継ぎ高次は、遠州流の創始者で三代将軍家光の茶道師範・小堀遠州と義兄弟の関係にあった。父高虎の養女が遠州の内室だったのだ。高次が伊賀焼の水指《みずさし》製作を命じ、遠州がその伊賀焼に注目、遠州七窯《しちよう》の一つとして、伊賀焼が台頭した。

芭蕉が仕えた藤堂新七郎家には茶室が二つもあった。本家とは高虎の母の兄としての血《けち》脈《みゃく》につながる親しい関係にあったから、藩主が津城から伊賀に領地巡察に訪れた際は、決まって茶会が開かれた。藩士ばかりではなく城下庶民の間にまで茶が流行していた。芭蕉も小姓として主君の茶席に連なっていたはずであり、遊学した京都も茶の盛んな土地柄、茶道に造詣を深めたことは疑いない。

もともと俳席につながる宴席も多かったはずだし、町名《まちな》主《ぬし》の補佐、町代《ちょうだい》（役人に近い職分）としてかかわった上水道は幕府直轄だったから、接待もあったであろう。「影待《かげまち》や菊の香のする豆腐串」の句が残る。秋の「影待」は庭の菊が豆腐の中にまで移ってかぐわしい、という意味で、料亭で一晩中酒食にふけり日の出を待つ宴会を指す。「豆腐串」は豆腐を串に刺し味噌をつけて焼いた豆腐田楽で、伊賀の郷土料理として今も名物だ。

食事で面白いエピソードがある。『奥の細道』の旅の終盤、金沢で門人と会食した折、そのお膳の余りの贅沢さを芭蕉が指摘したために次から粗食に変わったが、その余りにも極端な粗食に芭蕉が閉口したという。旅で全国を行脚した芭蕉だったから、地元で有力者ぞろいの門人が地場の御馳走でもてなしたと考えるのが自然だ。自ずと口も肥えたであろう。

## 植物のバショウを愛した芭蕉

植物のバショウ（俳人芭蕉と区別するためカタカナ表記）をこよなく愛した芭蕉。

**ばせを植てまづにくむ荻の二ば哉**　芭蕉

（植えたバショウの近くに出た荻の双葉が憎らしい。強靱な地下茎を持つ荻に負けずにバ

ショウが無事に育つか心配だ）

バショウは中国の文人も愛した多年草だ。それを自分の号とした初出は、天和二（一六八二）年刊行の大原千春編『武蔵曲《むさしぶり》』だった。深川を火事で焼け出される前である。のちに門人・李下が贈ったバショウにちなみ、新庵を「芭蕉庵」と名付けた。『万葉集』をはじめ古来その風雅を詠まれたのが「荻」、別名「風聞草《かぜききぐさ》」だが、この荻を「にくむ」と表現するほどバショウに執着した。

芭蕉の俳文に「芭蕉を移す詞《ことば》」がある。このバショウは、元禄二（一六八九）年春に『奥の細道』の旅に出るため庵を引き払ったときに、近所の人に植え替えと世話を特別に頼んでおいたもの。一人取り残されるバショウへの思いやりは、恋人との別れに勝るとも劣らない。

その旅から二年半振りに江戸に戻った芭蕉が、新庵（第三次芭蕉庵）にバショウを移し替えるさまを、委曲を尽くして記した。仲秋の名月に添えるべく移したようだ。そしてバショウの形容が美文でこうつづられている。

葉は琴を覆えるほど広く、風に半ばから折れ曲がった姿は、鳳凰が尾を痛め傷つけたようだ。それは青い扇が破れて風を悲しむようでもある。花は咲いても華やかさに欠け、切られない。山中でも無用の木は切られず天寿を全うするの例えのとおり、茎は太くても斧で切られることはない。私はバショウを実用に供したり修養に資したいとは思わない、ただ風雨に破れやすきを愛するだけ。

何という惚れようだろう。

先にも触れたが、『野ざらし紀行』に収められた名古屋連衆への挨拶句がある。

**狂句木枯の身は竹斎に似たる哉**　　芭蕉

（「竹斎」は仮名草子『竹斎』の主人公で、山城の藪医者。江戸に行く途中名古屋で開業したが方々で失敗し狂歌を詠んだ。木枯しに狂句を詠み歩くさまは「竹斎」そのものだ）

芭蕉七部集の『冬の日』に載る前書には「笠は長途の雨にほころび、紙衣《かみこ》はとまり〳〵

のあらしにもめたり」とある。食糧も路銀もなしに敢行したこの旅で、やっと名古屋にたどり着いた芭蕉。笠も紙衣（厚い和紙に柿の渋を塗って仕立てた着物）もぼろぼろ。風にたたかれ破れ尽くしたバショウの葉のような姿を自嘲した。

『笈の小文』にも、「……かりに名付て風羅坊といふ。誠にうすもののかぜに破れやすからん事をいふにやあらむ」とある。前述のように芭蕉はこの風羅坊を別号とした。傷つきやすく無用者の自分を、風に破れやすいバショウの葉に例えたのだ。

芭蕉に「無用の用」などと勝手な理屈をつけられたバショウだが、実際には、沖縄特産「芭蕉布」の通り実用にも供されている。植物バショウの名誉のために付言したい。

## 月おたく芭蕉

古来「雪月花」といわれ、伝統的な日本の美のひとつとされてきた「月」を、芭蕉もこよなく愛した。『芭蕉全句集』に収録された月の句を数えると、生前詠んだ九百八十余句の内、七十句余りに及ぶ。実に十数句に一句の割合で月が詠まれた計算になる。

西行をはじめ、幾多の歌人や俳人が愛でた中秋の名月を自分も詠む。その感慨はひとしおだった。だが名月だけではない。新月、三日月から待宵《まつよい》、満月を経て十六夜《いざよい》、更待月《ふけまちづき》

（二十日月のこと）、無月に至るまで、様々の姿態の個性を味わった。

**みしやその七日《なぬか》は墓の三日《みか》の月**　芭蕉

（重要な門人・松倉嵐蘭《らんらん》の初七日、墓の上のはかない三日月を君も見ただろうか。芭蕉の切々たる追悼文「悼松倉嵐蘭」に掲出）

**名月や池をめぐりて夜もすがら**　芭蕉

（名月が映る池の周囲を回りながら、夜通し過ごしても決して飽くことがない）

芭蕉は、名月が近づくと落ち着かず、どこで鑑賞するかの算段に忙しかった。紀行ごとに月の句を見てみよう。

まずは、『野ざらし紀行』。

**馬に寐《ね》て残夢《ざんむ》月遠し茶のけぶり**　芭蕉

（馬上で寝てしまったが、夢から覚めると、有明の月が遠くの空に残り、里では朝茶を煮る煙が立ち上っている）

『鹿島紀行』は、禅の師である仏頂和尚の誘いによる名月鑑賞の旅だ。

**月はやし梢は雨を持《もち》ながら**　芭蕉

（木々の梢には雨滴がついたまま、実際は雲が速いためだが、雲間に月が走っているように見えることよ）

『笈の小文』の杜国との旅ではこう詠んでいる。

**蛸壺《たこつぼ》やはかなき夢を夏の月**　芭蕉

（明日までの命と知らず、壺に短夜のはかない夢をみて蛸が眠っていることよ）

『更科紀行』は姨捨山《おばすてやま》の月見の旅だった。

**俤《おもかげ》や姨《をば》ひとりなく月の友**　　芭蕉

（姨捨山の月に、捨てられて一人泣く老婆の面影が偲ばれる。これを月見の友としよう）

そして、『奥の細道』の冒頭には、「松島の月まづ心にかかりて」とある。月夜の松島をまず焦がれたのだ。だが松島ではいい句が浮かばなかった。その後、敦賀でこう夢想した。

**名月や北国日和《ほくこくびより》定《さだめ》なき**　　芭蕉

（中秋の名月に雨とは北国の天気は変わりやすい）

悪天候で月が見られない無月さえも鑑賞する。外国人にとっては奇異に違いない。そこには実際の無月を、頭に浮かぶ名月と重ね味わうという、日本人の優れた美意識がある。

## 傘を手作りした芭蕉

傘は六世紀に百済《くだら》より伝来したらしいが、最初は貴人に差し掛ける天蓋のような、閉じられないものだったという。開閉式の傘が登場するのは安土桃山時代からのようで、使用が許されたのは特権階級に限られた。庶民に普及する江戸中期までは、菅笠《すげがさ》や蓑《みの》が専ら使われている。

蘇《そ》東坡《とうば》（蘇軾《そしょく》）の詩句に、「破屋常ニ傘ヲ持ス」（雨漏りのあばら家なので家の中でも傘をさす）がある。傘と世捨て人との因縁は深い。

芭蕉も俳文「笠の記」を記すほどの傘好きで、結構デリケートで難しい工程の傘張に二十日以上没頭したことがある。できあがったのは、かぶり笠ではなく差し傘で、恐らく閉じられないものだろう。だが、柿渋で色を染め、傘の骨を保護するために漆を施すという本格的なものだった。あくまでも素人だから、ハスの葉が半分開いたようないびつな形に仕上がったものの、整わない所に味があると満足気だ。わびの求道者らしい。自ら「笠作の翁」と名乗ったという。その傘に書き付けた有名な句がある。

**世にふるも更に宗祇《そうぎ》のやどり哉**　　芭蕉

（宗祇の句「世にふるもさらにしぐれのやどりかな」の通り、人世は時雨が通り過ぎるのを待つ雨宿りのようにはかない「仮の宿り」。だがそこにまたわびの醍醐味がある）

では、一体、芭蕉は傘作りを誰に習ったのか。あるいは見る機会があったのか。江戸時代の傘張と言えば、時代劇に出てくる、浪人がひげもじゃで内職しているイメージだが、芭蕉の門人の中にもこの風貌に合いそうな者がいた。足で米を研ぐという次の句を詠んだ服部嵐雪《らんせつ》である。

**武士《もののふ》の足で米とぐ霰《あられ》かな**　　嵐雪

嵐雪については後述するが、そもそも芭蕉と傘には因縁浅からぬものがある。芭蕉の生地伊賀は和傘の生産地だった。藤堂藩が藩士に傘張を奨励していたから、伊賀在住中に芭蕉が接した可能性があるのだ。

かつて、伊賀の木津川沿いには竹藪が多く、隣町の名張は傘紙の生産が盛んだった。戦前の生産量は岐阜に次ぐ全国二位で、ピーク時には二百から三百軒の業者がいた。町中に天日干しの傘の花が一斉に開く景色は、伊賀の風物詩だった。

また、岐阜は蛇の目傘などの高級品が主体だったのに対し、伊賀傘は大衆品の番傘が専らだった。伊賀人の質実な気質を反映し、品質は堅牢だったという。

大正から続く伊賀を代表する伝統産業だったが、戦後は、簡易で安価な洋傘に駆逐され、和傘は急速に衰退した。伊賀では完全に消滅し、今に至っている。芭蕉もさぞかしがっかりしているに違いない。

## 芭蕉の六物とは何か

動物は本来、裸で生まれて裸で一生を終える「無《む》一物《いちもつ》」な存在である。裸とは言えないまでもミニマルな生活を送った芭蕉の姿は、「物」であふれかえっている現代人から見ると実に心地よい。その身軽さで充実した人生を堪能、満喫したのだ。

ここでは、そんな芭蕉が身の回りに必要とした「六物《ろくもつ》」について見てみたい。

貞享四（一六八七）年、四十四歳の芭蕉が『笈の小文』の旅に出る前のことだ。後に『更科紀行』の旅に同行する名古屋の門人・越人が、深川の芭蕉庵に滞在した。その時の記録には、庵に「茶わん十個、菜刀一枚、米入るる瓢《ひさご》一つ」があったとある。湯飲み茶碗十個は集まる門人のためだろう。包丁は芭蕉が自炊に使った。米櫃《こめびつ》代わりの瓢は、「天和の大火」で焼失した芭蕉庵再建時に寄進され、門人がいつとなくお米を喜捨したという物だろう。

山口素堂著の『芭蕉庵六物』には、芭蕉亡きあとの、芭蕉庵にあった次の六つが記載されている。

一、二見《ふたみ》形の文台《ぶんだい》　二、大瓢《おおふくべ》　三、小瓢《こふくべ》　四、檜木《ひのき》笠《がさ》　五、菊の絵　六、茶色の羽織

文台は連句の会などには欠かせないものだ（ちなみに、俳諧宗匠としての自立を立机という）。二見文台には、西行が二見ヶ浦で石を硯《すずり》とし扇を敷いて文台としたという故事にちなみ、芭蕉が揮毫した。表に二見ヶ浦の夫婦岩《めおといわ》を描き、裏に芭蕉の次の句を記す。

**うたがふな潮《うしほ》の花も浦の春**　芭蕉

（二見ヶ浦の新春をことほぐ白い波の花の尊さを疑ってはならない）

この文台を真似て作る門人が多かったという。

芭蕉庵には六物のほか、釈迦が山で難行苦行の末に悟りを開き、人里に戻った姿を模した「出山《しゅつざん》」の釈迦像があったという。大火で深川を焼け出されて疎開していた甲州から、再建された第二次芭蕉庵に戻った芭蕉を、この釈迦の出山と重ねて、転居祝いに門人の鳥居文鱗《ぶんりん》が贈ったものだ。

一方、芭蕉の深川住まいの頃の弟子も、師に負けずさっぱりしていたらしい。遊蕩生活には不要だったのだろう。其角、嵐雪の照降町《てりふりちょう》下駄屋の裏の住まいには蒲団もなかったという。

では、芭蕉の行脚生活はどうだったのか。

『笈の小文』には旅道具として、紙子、合羽、硯、筆、紙、薬、昼笥《ひるげ》（昼食を入れる器）が列挙されている。また『奥の細道』には、紙子、ゆかた、雨具、墨、筆とある。あとは煙草、『白氏文集《はくしもんじゅう》』や『荘子』などの愛読書、予備の草鞋《わらじ》、手拭い、火打道具、鏡などを携行していたと思われる。

## 其角の下僕と芭蕉

一番弟子・其角の父である東順の時代からの下僕・是吉《これきち》が、医業を修得し、剃髪、独立開業した祝いに、芭蕉が贈った句がある。

はつむまに狐のそりし頭哉　　芭蕉

この「初午《はつうま》」の日に髪を剃ったとは、さぞや狐が頭を剃ったのであろうよと、ユーモア豊かに愛情をこめて冷やかした。

「初午」は二月の最初の午の日を指す。京都の伏見稲荷大社の神が降りたのがこの日だったといい、全国で稲荷社を祭る。狐は稲荷の使いとされ、狐に化かされて髪を剃る話は広く知れ渡っていた。

其角は、年季で奉公人が替わる毎に名前を覚えるのが面倒なので、奉公人にはいつも是吉という同じ名前を使ったらしい。ずぼらというか、磊落《らいらく》といおうか、遊び心を忘れなかった。

医者もそうだが、俳諧師も口の商売。口達者だ。それはともかく、俳諧の座は身分を捨てて臨む場なので、下僕が主人の俳諧の席に出入りしても不思議はないが、それ以上に芭蕉も其角も身分に分け隔てなく、下僕とも親密だった。本来自由とは、こういうこだわりを持たないということなのだろう。

## 「大山師」芭蕉

イエス・キリストを「短篇小説の作者」（『続西方の人』）と形容したのは芥川龍之介である。その天才の直感が、芭蕉を「日本の生んだ三百年前《ぜん》の大山師」（『続芭蕉雑記』）と喝破した。しかし、「大山師」とは言ったものである。

同じ文章の中で、「西鶴の『置土産』にある蕩児の一生と大差ない」とも言っている。謹厳実直なだけではなく、目まぐるしく俳風を新陳代謝させた芸術家としての奔放さ、加えて、蕉門経営の事業家としてのしたたかな生き様、それらを的確に捉えた言葉だ。もちろん貶したのではない。詩人というには余りにもスケールの大きい、精力的な芭蕉に対するほめ言葉だった。

その証拠に、同じ文章では、世故人情に長けた苦労人、数百人あるいは二千人とも言われる門弟操縦の英雄的手腕、と表現して賛辞を惜しまない。

さらに、感情がヒートアップしたのか、芭蕉の無常観は弱々しい感傷主義を含まず、「やぶれかぶれの勇に富んだ不具退転の一本道である」と評し、「彼は後代には勿論、当代にも滅多に理解されなかった、（崇拝を受けたことはないとは言わない。）恐しい糞やけになった詩人である」とまで言っている。芭蕉の俳諧にかける狂おしいまでの芸術家魂と、天才の宿命たる孤独を言い換えたものである。

一方、明治になって、俳句という形式を連句から独立させ、文学と位置付けたのが正岡子規だ。子規は「芭蕉の俳句は過半悪句駄句を以て埋められ」（『芭蕉雑談』）と断じた。神格化された芭蕉像の払拭《ふっしょく》は至難の業だが、この難題に対峙しボルテージが上がった面を差し引いても、この物言いは並みの覚悟ではできない。しかし、これも芥川龍之介と同じく、敬愛の裏返しだった。それを裏付けるように、『芭蕉雑談』で、日本の韻文学の中で、雄健放大なところは芭蕉以前にも以後にも見当たらないと、最高の賛辞を表している。そして、その例として最初に挙げたのが次の句だった。いずれも『奥の細道』の旅で詠まれたものである。

夏草や兵《つはもの》どもが夢の跡　芭蕉

（武人たちの功名も一場の夢と消えて、跡はただただ茫々と夏草が茂るばかりだ。兵どもは、平泉で滅亡した藤原一族や悲運の最期を遂げた義経主従を思い描いているといわれる）

五月雨をあつめて早し最上川　芭蕉

（降り続く五月雨を一つに集めて、最上川がものすごいスピードで流れてゆくことだ）

荒海や佐渡によこたふ天河《あまのがは》　芭蕉

（波が荒い日本海の遥か彼方に、佐渡島にかけて天の川が大きく横たわっている）

## 牡丹を探した苦労人芭蕉

当時、牡丹は薬草として輸入され、栽培が流行した。贈答品として珍重されたようだ。

その牡丹を探して、決して抗えない身分制度の壁に神経をすり減らす、四十八歳の芭蕉がいた。

かつて芭蕉が仕えた藤堂新七郎家の若様の息子で、ときの当主だった良長（新之助）から、芭蕉は牡丹の良い苗木を求められた。三、四年前、当主別邸に招かれての花見の宴以来、交誼が続いていたのだろう。江戸藩邸と伊賀との往復便に自身の手紙を便乗させてもらうために、江戸詰藤堂藩士の門人の世話になっていたこともある（芭蕉は身分が低いから、もちろん直々《じきじき》ではなく家臣を通じてだ）。

しかし、所望された苗木は入手が難しい珍品だった。芭蕉はその調達を、京都の門人・去来と史邦に依頼した。去来の父親である向井元升《げんしょう》は禁裏《きんり》（宮中）の医師で、兄の元端も公家の五摂家のひとつである一条家の儒医だった。向井家が医学の名家で薬草園を持ち、牡丹が栽培されていることを、芭蕉は知っていたのだろう。また、史邦は仙洞御所に仕えたあと京都所司代の与力を務めた。仙洞御所には牡丹があったのかもしれない。

芭蕉は、とりあえず当主良長に牡丹の苗木を三本贈ったようだ。それとは別に、去来からも当主に白牡丹の名品「寿慶《じゆけい》」が二本送られた。

実際に、去来宛の牡丹調達依頼の書簡と、門人の藤堂家家臣に宛てた旧当主への牡丹進上の取次依頼の書簡が残る。高名な俳人芭蕉といえど、元奉公人だ。当主への直接のお目通りはもちろん、書簡を送ることも許されない。家臣宛ての手紙に書かれたのは、今回は不調ながら改めて名品の牡丹を準備する旨と、牡丹調達に骨折った去来と史邦両名にあて礼状を書いてほしいとの依頼だった。しかも、大名と同等の直参旗本とも直接手紙をやり取りする史邦には、体面上問題ないのだから、当主直々の礼状を手配してほしい、と記されていた。さらに、その礼状の追伸に、去来にもよろしくという一言を付け加えるようにと記し、去来はいまは浪人ながら由緒ある家柄の元武士だから親しく文通するよう、門人の家臣に勧めた。

だが、芭蕉の涙ぐましい働きかけにもかかわらず、史邦あてには当主からの礼状は届かず、家臣から両名宛の書簡が届いただけだった。

士農工商同様、武士社会での武士同士の格付けは厳格だったようだ。芭蕉も決して仙人だったわけではない。門人には自分より格上のものも少なくなかったし、友人親戚はもちろん旧当主に至るまで、細心の注意を払って世渡りをしていたのだ。そして、人生経験豊かで人の心の機微や世間の事情によく通じていたからこそ、庶民の文芸としての俳句に大輪の花を咲かし得たのである。

# 第四章　俳聖の神髄とライバル井原西鶴

「古池に飛び込んだ蛙」の真実を紐解きながら芭蕉の俳句の音楽性に言及するとともに、「わび・さび」の精神から芭蕉の弱点まで、俳聖の作風を考察する。また、ライバルとして強く意識せざるをえなかった元禄三大巨匠のひとり井原西鶴との関係についても詳述する。「深み」の芭蕉と、「即吟」の西鶴。二人が追い求めた美意識とは何だったのか――。

芭蕉と西鶴の架け橋となった一番弟子・其角の存在も忘れてはならない。

## 古池に飛び込んだ蛙は一匹か

古池や蛙《かはづ》飛こむ水のおと　　芭蕉

芭蕉が貞享三（一六八六）年に詠んだこの蛙について考えてみたい。

従来、蛙を詠むときには鳴き声が使われてきたなかで、水に飛び込む音が選ばれた意外性に、門人はアッと驚いたという。

だが、これだけ俳句の長所と短所、懐の深さとあいまいさが同居する句も少ない。近年、この句は「古池や」で切れており、蛙は古池に飛び込んでいないという説まで飛び出したほどだ。しかし、両者がそろえば、蛙にその古池に飛び込むな、というほうが無理というものだろう。

蛙は一匹だとするのが従来の考え方だ。孤独な蛙が池に飛び込む寂しい音と、その刹那の響きが消え、一旦破られた静寂がさらに深みを増していく情景に、「不易」なる静寂と「流行」なる水の音という、永遠と一瞬のコントラストが際立つ。

さらに、寂れた古池からは冬枯れを残す早春のわびの世界が一気に広がる、という通説により、芭蕉が心酔した禅と結び付けられ、神秘性を濃くした。一方で、蛙が元気よく飛びだす啓蟄《けいちつ》の喜びがテーマだという説もあった。

正解はどちらか。俳諧の革命児だった芭蕉の意図を探りたい。

第一に注目するべきは、中七《なかしち》の初案「蛙飛ンだる」を「蛙飛こむ」へ変更したことだ。これは談林俳諧の傍若無人で下賤な高笑いに、芭蕉が浴びせた冷や水で、談林との決別宣言である。

第二は、芭蕉が考えあぐねていたという上五《かみご》について考えたい。一番弟子・其角は「山吹や」を提案したが、それを採用せずに「古池や」とした。山吹と蛙は、『古今集』以来の優美な取り合わせであり、舞台はわびと対極にある立派な庭園の池だ。一方、芭蕉の詠んだ古池は、元生簀《いけす》かどうかは不明だが、和歌では到底詠まれない普通の池である。和歌優美にとらわれない俳諧自由の宣言だったといえる。

これらを前提に、この蛙の句の一、二年前に『野ざらし紀行』で詠んだ句が参考になる。

道のべの木槿《むくげ》は馬にくはれけり　　芭蕉

山路来て何やらゆかしすみれ草《ぐさ》　芭蕉

前者の前書に「眼前（見たまま）」とあるように、両句とも物事の真実をとらえる率直さ、無心さの大切さを問うた。だが余りの平易さに、近しい門人以外には理解されなかったようだ。

結論として、「古池や」の句も、この両句と同様に無心を説いたと考えたい。これは春の季語である元気な蛙が主人公の句であるのだから、複数の蛙が普通に次々と元気よく飛びこむ情景を即興に詠んだと解釈するほうが自然だ。

私たちは異常に深読みし、「古池」の「古」から枯淡を嗅ぎ取りすぎたのだ。芭蕉は優美な庭園の池ではない普通の池を提示したかっただけではないか。いくら池が古くても、蛙は啓蟄の喜びに元気よく飛びこむだろう。禅を会得した蛙などいるわけがない。

そもそも庶民の文芸を目指し、平易を信条とした芭蕉が、禅問答のようなファジーな句を作るはずがないのだ。芭蕉はこの句が色んな解釈の衣を着せられて独り歩きし、結果的に日本一有名になったことにあの世で苦笑しているだろう。

芭蕉の創作に際しての精励刻苦は、楽聖ベートーヴェンのそれに比すべきものといえる。

一方で、芭蕉は神童モーツァルトのような天才だけに許された才も持ち合わせていた。その神髄は、駆使した言葉のわかりやすさの元となる澱《よど》みのないくっきりした写実の輪郭と、重くれない軽快に弾むような跳躍力だったのである。

## 芭蕉の名では出版しない

芭蕉は多くの俳諧・俳文や紀行文を残しているが、自分の名を使って撰集を出したのは一回だけである。先に述べたが、伊賀で仕上げて、江戸に出て間もなく出版したデビュー作『貝おほひ』だ。だがそれ以降は、代表作『奥の細道』はじめ、生涯にわたって表に出すことはなかった。

深川に隠棲するまではむしろ自己顕示欲旺盛だった芭蕉だが、俳諧師としての俗な栄達や立身出世に興味を失《な》くし、詩商人《うたあきんど》とでもいうべき点取俳諧を最も忌み嫌ったのは周知のとおりである。背景には、二年に満たない交友とはいえたまたま深川の臨川庵《りんせんあん》に滞在中だった鹿島根本寺《こんぽんじ》住職の仏頂和尚から学んだ禅の影響もあったのかもしれない。

また、自身「俳諧は道の草」と言い、名聞《みょうもん》は好まないと言ってもいる。冷めていたのは確かだ。世捨て人としての虚しさ故であろうか。

しかし、個人的な名誉を好まなかった芭蕉だが、「前句《まえく》付《づけ》」（後述）などで俗化する他派には排他的と言えるほど嫌悪感を抱く一方で、自派、蕉門の名誉拡大には積極的だった。芥川龍之介が皮肉たっぷりに指摘した通りだ。

一貫性がないと見るむきもあるかもしれないが、芭蕉はそんないい加減な人物ではない。これを解くカギは、連句にあるだろう。

連句は個人芸ではなく集団芸、つまり共同作品である。どの句を誰が作ったというより、作品全体の出来が重要だ。芭蕉の考え方のベースには、連句が「主」で、発句は「従」という発想がある。しかも、芭蕉は個人作品である発句よりも連句に自分の才を見出していたようだから、芸術作品として連衆のグループ作品に重きを置いていたのではないだろうか。そこに答がありそうだ。

さらに、表面上の手柄を門人に与えて、蕉門の結集を優先する事業家としての手腕もあった。これは嵐山光三郎が『悪党芭蕉』で述べている。確かに特徴的なのは、自分の新風を出すため、旅で開拓した新しい門人に芭蕉七部集の編を命じ、別々のキャストで臨んだことだ。蕉門の主宰者として全国各地の門人に公平に機会を与えたのである。さも門人を次々と捨てて、乗り換えたように見えるのは、そのためだ。ちなみに編者は、『冬の日』

『春の日』『阿羅野《あらの》』は山本荷兮《かけい》、『ひさご』は浜田珍碩《ちんせき》（洒堂）、『猿蓑』は去来・凡兆、『炭俵』は野坡・池田利牛《りぎゅう》・小泉孤屋《こおく》、『続猿蓑』は服部沾圃《せんぽ》・支考であった。

そして忘れてはならないのは、芭蕉は第一、お金がない。無収入で施しを受ける身だった。自分の名前での出版はおこがましいという遠慮もあったのではないだろうか。

## 芭蕉の俳句は音楽だった

**芭蕉野分して盥《たらひ》に雨を聞夜《きくよ》かな**　芭蕉

粗末な家で雨漏りを盥で受ける。その盥に落ちる音を楽しむ芭蕉は耳の詩人だった。「舌頭に千転せよ」と言った通り、耳に心地よい、いわば音楽性を重視した芭蕉。後世の人の愛唱句が飛び抜けて多いのはこのためだ。

芭蕉の晩年の寂しい人生観照的な句が最上という捉え方が多い。「此道や行人《ゆくひと》なしに秋の暮」や「この秋は何で年よる雲に鳥」などだ。しかし、変遷した蕉風だが、最後に頂点が来るとは限らない。さらに、たとえ最上としても、その一つでしかない。

芸術は変化、変遷するが、そもそも技術ではないから、芸術に進化、進歩するという概念はない。円熟、深化といえども芸術の一つの色に過ぎない。その証拠に、芭蕉の高みに追いつき、さらにしのぐような俳人は未来永劫《えいごう》現れそうにない。

漂泊や孤高の詩人という形容は一面的だろう。むしろ、野晒し覚悟の俳諧行脚の重さとは裏腹の、言葉のリズミカルな軽快さに、その本領がある。天才とは、その作品のリズムが持つ跳躍力の謂《い》いだ。

まず、芥川龍之介が、「言葉の音楽」（『芭蕉雑記』）とした句を挙げたい。

**夏の月御油《ごゆ》より出でて赤坂や**　　芭蕉

**年の市線香買ひに出でばやな**　　芭蕉

芥川は、前者について、風俗営業が盛んだった宿場の「御油」「赤坂」という地名からは豊かな色彩が感じられるとし、さらにその美しい調べを、歌詞よりも、楽譜の優れた句と記した。そして後者については、歌詞・楽譜ともに傑出しているとし、「出でばやな」というはずみかけた調子は芭蕉の心の小躍りをみるようで、「調べ」の大自在には呆気にとられると大絶賛している。

次に、伊賀の蕉門・土芳の『三冊子』にある芭蕉が残した言葉から、音楽を意識して作ったと思われる三句を見てみよう。

**旅人とわが名呼《よば》れん初しぐれ**　　芭蕉

『笈の小文』の旅の餞別会で詠まれた句で、芭蕉が謡曲の文句を前書に置き、勇んで旅立つ心を表現したらしい。その前書に胡麻点（楽譜）が付いた書も残っている。

**何に此《この》師走の市にゆくからす**　　芭蕉

「五文字の意気込にあり」と芭蕉自身が語った上五「何に此」には、世俗への妄執を吹っ切れない自分を戒める強い拍子がある。

馬に寐《ね》て残夢月遠し茶のけぶり　　芭蕉

この句の中七の初案は、「残夢残月」だった。芭蕉は「茶のけぶり」と合わせ名詞を三つ重ねた拍子が、談林調で軽薄なため変更したという。「言葉の音楽」の旋律は幸福感に満ちている。大の男が、五七五という世界で最短の詩形に、一生涯を懸ける所以である。芭蕉は言葉という楽器を使う音楽家だった。

## 芭蕉の「わび」

『徒然草』の著者である吉田兼好の「わび・さび」の精神には、武家時代に生きた貴族の屈折した美意識がある。その美意識は、将軍綱吉の弾圧のもと閉塞した暗い時代に生きた下級武士出身の芭蕉のそれと通底する。

「わび」は本来、「失意」「不如意」を指す。当時、復興途上の侘び茶の精神を俳諧で実践したのが芭蕉で、杜甫の「わび」の詩境にあこがれていた。

櫓《ろ》の声波ヲうつて腸《はらわた》氷ル夜《よ》やなみだ　　芭蕉

（腸も凍るような寒い夜に舟をこぐ櫓に当たる波の音を聞くと涙があふれて仕方がない）

また、貧窮のわびしさの極北を経て、精神的充足を得る境地に至る「わび」宣言が次の句だ。

**侘《わび》テすめ月侘斎《つきわびさい》がなら茶歌**　芭蕉

（月も自分も、また世才がないのも侘しいが、月侘斎よ奈良茶の歌が聞こえるではないか、お前もわびに徹して住むがよい）

「月をわび身をわび拙《つたな》きをわびて……」の前書がある。月侘斎は月を友に暮らす風狂人の架空名で芭蕉自身を指している。「なら茶」は「奈良茶飯」のことで、米を煎じた茶や塩と炊いたものだ。支考の『俳諧十論』には、芭蕉の戯言として、「なら茶三石喰ふて後はじめて俳諧の意味をしるべし」と記されている。

**くれ〳〵《くれ》て餅を木魂《こだま》のわびね哉**　芭蕉

（世間で餅つく音が木魂のように聞こえる年の瀬にわび寝をするのも結構楽しいものだ）

息苦しいとはいえ絢爛《けんらん》な元禄に、閑寂《かんじゃく》を唱道する芭蕉は異端に違いない。しかし唱和する友人や門人がいる。時代に流されない、また流されても自律反転する識見を持った人々がいたのだ。

さて、その「わび」だが、何ともわかりにくい。しかし、近代日本美術の発展に尽くした思想家の岡倉天心が書いた『茶の本』にある「不完全」の語がヒントになるだろう。古来、日本人は欠けた三日月や無月でさえも愛でたし、芭蕉は見えない富士に興じている。

利休のわびた草庵茶室も好例だ。秀吉の黄金を尽くした茶室へのアンチテーゼだった。むろん大金をかけて貧賤の真似をするのではない。心のわびが前提だ。完璧な中国陶器ではなく、ありふれた日本の陶器を用い、茶室も床柱は丸太や面皮《めんかわ》つきのものを使った。壁は藁すさが見える土壁のままで、天井は竹や蒲《がま》である。完成を知悉《ちしつ》したうえで、わざと未完にしておくのだ。利休の禅は「完全」よりも「完全に至る過程」を重んじた。芭蕉の未完の俳諧人生もそうだったといえる。

不完全の自覚が、他者と調和を図る謙虚さにつながる。満月や満開の桜ではない、普通のものを普通に美しいと感じる心を失くした人間は鳥獣に等しいと述べた芭蕉だった。

## 芭蕉の「さび」

芭蕉は、「をかし」の精神でゆうゆうと「わび」の生活に安んじる一方、「さび」の美を展開した。生活と芸術が一体だったから、自ずと両者は交響した。その美意識は、西洋の合理主義とは対極の、さらにその極北にある。

「わび」は質素なたたずまい、「寂《さ》び」は人のいない静かな情景をいう。本来、「さび」は物が成熟し内なる本質が外に立ち現れる意だったのが、動詞の「寂ぶ」に由来して閑寂を指すようになった。「さび」は蕉風俳諧の独創ではない。もともと西行、宗祇、雪舟、利休などの先人が究めた境地だった。

芭蕉は、「わび」には饒舌だったが「さび」には極めて寡黙だった。『去来抄』によると「さびは句の色」とある。「句の色」とは「句の姿」（しおり）のことで、「句意」（細み）に対して、句の余情、情調を指す。単なる情景ではなく、精神上の概念だ。

次の去来の句に対して芭蕉が、「さび色よくあらわれ、悦び候」と評している。

**花守《はなもり》や白きかしらをつき合はせ**　去来

桜の花を管理する老夫婦が、白髪頭を突き合わせて話す情景を詠んだものだ。本来、職業に貴賤はないが、当時は職業的に卑しいとされた花守をあえて句材とした。満開の桜の中に垣間見える老人の白髪頭。明るく華やかな中にほの見える、老という究極の孤独や寂しい影を、芭蕉はさび色が出て尊いものとした。一見すると相反する華麗と枯淡が一体となり、さらに豊かな奥深い情趣を育《はぐく》んでいる。

芭蕉の『笈の小文』の一節、「見る処花にあらずといふ事なし。おもふ所月にあらずといふ事なし」は「さび」の境地だろう。

そして、その美意識の原点は西行にあるとした。

**とふ人も思ひ絶えたる山里のさびしさなくば住み憂からまし**　西行『山家集《さんかしゅう》』

『山家集』は芭蕉の愛読書だった。『嵯峨日記』にこの歌を引用し、寂しさを友とし喜びとする心情をつづっている。

西行は北面の武士だったが、歌人として前向きな生を願い、人殺し集団から脱出して出家し、自由を得た。権力争いによる栄枯盛衰に無常を感じた厭世家ではない。人間の一番の弱みである孤独と寂寥《せきりよう》を、むしろよすがとして楽しみ積極的に生きた。西行は寂寥の美を愛する自然詩人の先駆けとされる。

一方、同じく孤独と寂寥を愛したが、徹しきれなかった芭蕉は次の句を残した。

**何に此《この》師走の市にゆくからす**

（人でごった返す歳末の市へ用もないのにどうして烏が向かってゆくのだろう）

世俗の喧噪といういわば幸せな混沌にも心引かれる自分との闘い。そこには、暖かい人間芭蕉がいた。

## 芭蕉の俳諧の弱点

俳聖芭蕉の俳諧に弱点などあるはずがない、と思われるかもしれない。だが、あるのだ。まずは次の点を押さえておきたい。

・貞門派の破壊者だった談林派の功績は、新時代の主役となった町人の生活の諸相に切り込んだリアリズムにあった。芭蕉も高く評価し、いったんはどっぷり浸かった。
・しかし、その近世特有の楽観主義や享楽主義に懐疑を抱くようになる。たとえ俳諧が、封建社会のはけ口だとしても、退廃は許さず、遊戯ではない高度な純粋詩を目指す芸術家魂があったからだ。
・そして、がんじがらめの封建社会にあって、自然や人間の真実をいかに追求するかを模索した。その答えは、隠遁や旅により自由人として生きることだった。現実からの逃避と見えて、その実は消極的な抵抗でもあった。
・芭蕉は俗語を駆使し、俳諧を庶民の文芸として高めた。とはいえ、『三冊子』で説かれている「風雅の誠」の精神の由来は、中世和歌伝統の「もののあわれ」や花鳥風月である。その中世的伝統とリアリズムが両立できたのは、芭蕉の才能と杉風らの経済的支援がなし得た奇跡だった。

こうした芭蕉の姿勢を、俳人の栗林農夫《たみお》氏は『俳句と生活』の中で「隠遁的な閑寂趣味」と評した。

つまり、庶民には到底真似ができないのである。誰もが自由を求めて風雅の隠者になれるわけではない。日々の生活に追われ、全生活を芸術に注ぐ術《すべ》を持たないのが庶民だ。この庶民の現実生活との乖離《かいり》こそが芭蕉の弱点だったといえる。

にもかかわらず、芭蕉が偉大であるのは、自らの弱点を自覚していたことだ。

俳句の在り方を追求するあまり孤高になった反省から、その打開策として唱道したのが「かるみ」だったのである。古参の門人の戸惑いや反発を恐れず、果敢に取り組んだ。だが不幸にも、「風雅」は「風流」に、「平俗」は「卑俗」に堕す結果を招く。庶民にとっては、風流な趣味で自然や人生を眺める傍観者的な態度以外なかったからだ。

畢竟、庶民は現実生活に即した感情をぶつけられる文学を望み、遊戯的な点取俳諧を招いた雑俳《ざっぱい》、そして川柳へとつながってゆく。

しかし、芭蕉以後の堕落の強調に終始すべきではないだろう。卑俗化した点取俳諧とはいえ、かつて江戸時代の俳諧ほど大衆化した文芸があっただろうか。

芭蕉が説いた、平俗な日常生活の中で芸術的高みを目指す「高悟帰俗」は今も色あせていない。その実践である「かるみ」が残した、大衆化と質の維持という背反する課題が、いまにも通じる永遠のテーマなのである。

## 芭蕉の美しい嘘

俳諧というのは「上手に迂詐《うそ》をつく事なり」。

蕉門の論客・支考が書き留めた芭蕉の言葉だ。創作に必須の虚構を、あえて「うそ」と言って意表を突いた。そもそも創作とは独創的に表現することで、事実の羅列ではなく、虚実のないまぜによって、事実を超える高い芸術性を得ることをいう。

芭蕉も事実を言葉に変える、単なる写生の徒ではない。私意は嫌ったが、作意そのものは重んじた。より高い詩性を求め美しいうそをついたのだ。改作の例を見てみよう。

『野ざらし紀行』
初案＝何とはなしに何やらゆかしすみれ草
改作＝山路来て何やらゆかしすみれ草
（尾張・熱田の白鳥山法持寺で詠まれた句を、大津に出るまでの山路での句に改作した）

初案＝雪薄ししら魚しろきこと一寸
改作＝明ぼのやしら魚しろきこと一寸
（しら魚には薄雪よりも夜明け前の薄明こそふさわしい、と見て改作した）

『三冊子』によると、この句の初案に対しては芭蕉自ら「無念の事也」と悔いている。

『笈の小文』
初案＝ほととぎす宿かる比《ころ》の藤の花
改作＝草臥《くたびれ》て宿かる比《ころ》や藤の花
（大和・初瀬《はせ》の後に訪れた八木で詠まれた夏の句を、伊賀から初瀬の途中での春の句に改作した）

『猿蓑』
初案＝うきわれをさびしがらせよ秋の寺
改作＝うき我をさびしがらせよかんこ鳥
（元禄二〔一六八九〕年に伊勢長島の大智院で詠んだ秋の句を、元禄四年の夏の句に改作

した）

これらは作り事と解るような虚構ではない。事実を超えて、事実よりも生き生きとした感動を読み手に約束する、「詩的真実」がある。高い芸術性を求めて、推敲《すいこう》を重ねた芭蕉のたゆまざる精神力の賜といえる。芸術家の力量は、この推敲に耐えられる精神力の強さの謂いなのだ。

『奥の細道』にも好例がある。『奥の細道』は単なる旅日記ではない。フィクションやデフォルメにより、優れた芸術作品になっている。

**あらたうと青葉若葉の日の光**　芭蕉

**荒海や佐渡によこたふ天河《あまのがは》**　芭蕉

実際の日光山は、作句の時期に青葉若葉になる季節ではなかったし、秋の佐渡には天の川は横たわらないという。だが、たまたま遭遇した事実よりも、その詩趣が琴線に触れるのである。

## 芭蕉の嫌った点取俳諧

芭蕉は俳諧のあるべき姿を問い続けた人だ。その軌跡は、目まぐるしく変化した俳風に見て取れる。腐敗しやすく、また堕落しやすいその性質を誰よりも熟知していた芭蕉が嫌悪したのが「点取俳諧」だった（人口に膾炙《かいしゃ》すると賭博の要素も含むようになり、庶民の要求に応じて批点したのが点者宗匠である）。

芭蕉は俳諧に従事する人を三等級に分類した。元禄五（一六九二）年に門人の菅沼曲《きょく》水《すい》（後号は曲翠）に宛てた書簡にあり、「三等之文」として知られる。

真の風雅を志し精進を重ねる人を最上級として、金持ちの遊びだが点取りに狂奔せず酒食で貧者をもてなし点者を肥やすものを第二級、最下級を点取俳諧に迷い騒ぐ者とした。その最下級の一文は次のとおりである。

「点取に昼夜を尽くし、勝負をあらそひ、道を見ずして、走り廻るものあり。彼等風雅のうろたへ者に似申し候へども（中略）ひが事せんには増《まさ》りたるべし」

（宗匠の点取りに夢中な者、彼らは俳諧者のうろたえ者には違いないが〔中略〕悪いことをやっている者達よりは未だましである）

芭蕉が憤慨したものの一つに「前句付」がある。『奥の細道』の旅以来、留守の二年半の間に江戸で流行していた。出題された前句に、点料を払って付句を提出し、批点の高下を争う。謎解きの募集イベントのようなもので、前句と付句からなる。明暦・万治ごろ（一六五〇年代後半）、泉州、河州、江州におこり京や大坂から江戸へ広まった。俳諧も町人社会の世態人情に興味の中心を置くようになり、元禄頃には前句付集が盛んに出版された。

解りやすい前句付形式の例が山崎宗鑑編『新撰犬筑波集《しんせんいぬつくばしゅう》』にある。

「切りたくもあり切りたくもなし」、という前句に対して付けたのが、「盗人《ぬすびと》を捕らえてみれば我が子なり」。

さらに、「いやがうへなり〳〵」「金銀をただ遣《や》るにさへ上手下手」のように、前句が形骸化し、付句が独立して川柳に移行する。長連歌形式の第一句が独立した俳句との決定的な違いだ。川柳こそが庶民の詩だった。一見傍観者的に見えて風刺のワサビが効き、反抗精神を秘めているものもある。

次に流行ったのが「笠付《かさづけ》」（冠付《かむりづけ》）だ。上五（笠・冠）の課題に、下の七五を付ける。例えば、「空寝入」という課題に「して追いにくき顔の蠅」と七・五を付ける。

これは形式が簡単なため大流行した。

さらに、宗匠が高点句に景品を出す「三笠付」が出現する。これは付句の募集ではなかった。最初から点者が冠の題一つに対し二十一の付句を出し、うち三句を事前に秀句と決めておく。各人は三句一組を選んで買い、秀句を当てれば賞金がもらえる。だが、余りの賭博性に幕府が禁令を出して厳刑で弾圧したため、逼塞《ひっそく》することとなった。

## 芭蕉は文盲だった？

元禄文学の三大巨匠の一人で、日本を代表する文人たる芭蕉を「文盲《もんもう》」などと言えば、何をたわけたことをと思われるかもしれない。

しかし、事実なのだ。ここで言う「文盲」とは、目が不自由な人に対する配慮を欠いた差別用語の意味ではない。芭蕉の時代には歌学の知識がないことを意味する場合にも用いられていた。歌学とは、和歌の本質、作法、古歌の解釈、故実、歴史など、和歌に関するすべてを研究する学問のことだ。

つまり、芭蕉は和漢の古典文学において幅広い教養を持っていたものの、決して体系立った学術的な知識ではなかったために「文盲」なのである。

芭蕉だけではない。同じく三大巨匠の一人で、同時期に談林派で活躍した西鶴も、貞門派から「阿蘭陀《おらんだ》流」「文盲」と酷評された。また句集『生玉《いくたま》万句』の序文では、「……文盲にしてその功なりがたし」と記し、「文盲」を自認している。

当時、歌学を享受できたのは、貴族や武家、僧侶など上流階級だけだ。芭蕉も西鶴もその生まれではない。庶民のための寺子屋すら十分にない時代だから、学ぶ機会がなかった。

しかし二人とも古典評釈の学者ではない。創作家だ。この「文盲」の事実は、二人の評価を貶《おとし》めるものでも何でもない。

芭蕉も、元々プロの俳諧師だった西鶴も、二人が世に出たのは貞門から談林俳諧に移る過渡期だった。その貞門の俳諧師の権威は、歌学の教養にあった。貞門の手法の一つは古典文学のもじりで、『伊勢物語』や『源氏物語』などの原文を歌書とした。

他方、談林が歌書としたのは「謡《うたい》」だった。「謡」は、能楽の詞章、つまり古典文学の美辞麗句のつぎはぎである。貞門派からは蔑《さげす》まれたが、芭蕉や西鶴などの「文盲」の俳諧師でも活躍できる時代が訪れたといえる。「謡」の活用で庶民の文芸への突破口を開いたのが談林の開祖である西山宗因だったが、その弟子の西鶴は正面切って貞門派と敵対し、ついに圧倒した。芭蕉も、「宗因なくば今も貞門俳諧に甘んじているだろう」と高く評価した。

俳諧が歌学・和歌から解放され、自立できる環境が整ったのだ。俳諧を貞門と、談林の言葉遊び、悪ふざけ、古典のもじりから脱皮させ、和歌や連歌と対等の文芸に高めた芭蕉だが、この貞門派からの蔑視体験がバネとなったことは疑いない。

## 俳諧で芭蕉の先輩だった西鶴

西鶴の本業は俳諧師で、小説は余技だったというと目を丸くされるだろう。

俳聖芭蕉、日本のシェイクスピアと言われる戯曲家の近松門左衛門と並び、元禄の三大巨匠の一人と称される西鶴だが、それはあくまで稀有の天才浮世草子作家、今風に言うと小説家としての評価だ。余技で大成したのだから、とんでもない天才である。

ただ、本業か余技かの判断は難しい。それぞれに費やしたエネルギーと従事した年数とは必ずしも比例しないからだ。

それでも従事した期間は大きな判断材料になる。ちなみに西鶴が俳諧の道に入ったのは十五歳。人生五十年と言われた時代だから、特に早くはない。そして、二十一歳でプロの俳諧師になっている。これは早い。早熟の天才だった。芭蕉が三十五歳でプロの俳諧師になった時、西鶴はすでに談林派の雄だったから、大先輩になる。四十三歳で俳諧活動を休止したが、四十九歳から再開し、五十二歳で亡くなるまで続けた。俳諧師としての活動は通算三十年以上に及ぶ。

一方、浮世草子作家としての活動は、四十一歳の時に『好色一代男』でデビュー以後の、高々十年に過ぎない。専念したのはわずか六年間だ。だから正確には、西鶴は「終生俳諧師で、一時期は浮世草子作家でもあった」というべきかもしれない。さらに、好色本に対する出版規制を強める幕府への配慮があったとはいえ、西鶴自身も小説を「転合書《てんごうがき》」（いたずらがき）と言っている。

そんな西鶴と芭蕉だが、この二人がほぼぴったり同時期に生きたことは意外に知られていない。西鶴は芭蕉より二年早い寛永十九（一六四二）年に生まれ、芭蕉より一年早く元禄六（一六九三）年に生涯を閉じた（156ページ参照）。
だから作品にも共通の素材が見られる。
まず江戸で一番の繁華街だった日本橋通町《とおりちょう》を芭蕉はこう詠んでいる。

**実《げに》や月間《ま》口千金《ぐちせんきん》の通り町**　芭蕉

（間口千金と言われる通町で見る月は、千金に値する見事さだ）

一方、西鶴は『日本永代蔵』で人の往来の絶えないこの通町を次のように記した。

「毎日の繁昌、此御時、君が代の道広く通り町、十二間の大道、（後略）」
（日本一繁昌している商業地で日々賑やかな江戸日本橋でも、とりわけ有名なのが、将軍様の御威光めでたく道幅が十二間〔約二十二メートル〕もあることから俗に「十二間」と呼ばれる、この通町だ）

ちなみに、越後屋呉服店のオーナー、伊勢出身の三井家が華々しく登場するのがこの小説である。

## 俳壇の裏切り者だった西鶴と芭蕉

西鶴や芭蕉が俳諧をこころざした当時は、貞徳が創始した貞門派が全盛だった。その貞徳の有名な句がある。

**しをるるは何かあんずの花の色**　貞徳

（杏子《あんず》の花に、萎れたのは何か心配事があるためなのか、と呼び掛けた。杏子と案ずを掛けた言語遊戯の句）

花鳥諷詠を主流とする和歌・連歌の中世以来の伝統を墨守し、古典にすがった貞門俳諧の典型だ。他にも「こういう言葉は使ってはいけない」とか「こういう言い回しは下品だ」とか、とにかくうるさかった。

一方、その後に勃興した談林俳諧は風俗詩的なもので、もっとヒューマン（人間的）な、むしろ西洋的なものだった。これこそ西鶴の表現したかったものだ。「連歌と違う」ところを弱点や欠陥とせず、むしろそこを強調、売りにして新しい俳諧を目指した。だから、貞門派が忌み嫌った謡曲の言葉も、あえて好んで使った。

それにより、未熟で引け目と感じられていたものが、新しくてしかも楽しいという評価を得る。談林派はたちまち大流行し、俳句界を席巻した。桃青（芭蕉）も、宗因の江戸出府歓迎の俳諧の座に同席したのを機に談林に転じている。一時、気鋭の談林派作家としてどっぷりつかっていたのだ。つまり、芭蕉も西鶴も俳壇の裏切者であり、また革命児でもあった。

これに対して、裏切られたかつての覇者、貞門派も黙ってはいない。談林派を意味不明、下品だと批判し、「まるで外国語みたいだ」という意味の「阿蘭陀流」という悪口を浴びせて西鶴を攻撃した。しかし、無駄な反撃だった。談林派が開き直り、逆にその名前を喧伝した。西鶴は自ら「阿蘭陀西鶴」と名乗ってもいる。両派の諍《いさか》いの中、江戸と違って貞門のまだまだ強い上方で、西鶴は一気に勝負に出た。いわば一昼夜で何句詠めるかを競う即吟コンテストのような矢《や》数《かず》俳諧で圧勝したのである。

## 俳諧師から小説家に転じた西鶴

即吟のエースとして闊歩《かっぽ》していた西鶴が、突然俳諧から浮世草子に転じた。何故か？師である談林俳諧の祖・西山宗因の死で気兼ねがなくなったからか？　ライバルだった岡西惟中《いちゅう》との宗因の跡目争いにうんざりしていたからか？

諸説あるが、何より西鶴は俳諧という器には到底収まり切れない、圧倒的な筆力、連想力、記憶力の持ち主だった。矢数俳諧では一昼夜で独吟二万三千五百句を謳《うた》うほどの実力を見せた。連句的に発想し、絶えず新しい境地へと思想を変化流転させてゆく力があった。

最初に西鶴が取り組んだのは、談林俳諧に町人の生活感情や風俗を詠み込むことだった。連句という詩形式によって、韻律や句法にとらわれない散文的な表現意欲を満たそうとしたと思われる。しかし、そこで言い残したもの、語り尽くせなかったものがあった。談林というより、俳諧そのものに限界を感じたのだ。だから、浮世草子という風俗小説へ転じたのであろう。

西鶴は混沌を好んだ。人間界はとかく雑然として騒々しい。隣には「八つぁん」が住んでいるし、遊郭は大繁盛、街中でもたまには仇討が見られる。この混沌は草子でないと表現できない。俳諧、特に発句では到底無理である。

西鶴が草子作家になったのは当然の道筋だったといえる。俳諧を捨てるとか、五・七・五（韻律）がどうのこうのではなかった。

西鶴は小説で、当時の風俗の平常と異常をくまなく描き切った。遊郭浸りや武士の仇討、町人の節季騒動など、現代から見れば尋常でない事柄も、当時はそれが日常だったのだ。そして、ただ描くだけではない。職人が出刃包丁で魚をスパッスパッと切るように、世相を切り刻んだ。

その断言の潔さは、実は俳諧から来ている。俳諧は感情に溺れたり、抒情に浸ることを許さない文芸だが、現実主義的で娯楽的な浮世草子の文章はまさに俳諧そのものなのである。さらに、その運びもまるで俳諧のようだ。連句のつけ合い的な自由な発想があった。先の「終生俳諧師」という謂いはこうした意味を含めてのことだ。

西鶴は、人間の悲喜劇を通して人生の真実を捉える鋭利な眼を持っていたが、辛《つら》い話も深刻にならず、じめじめもせず、読者に軽々と伝えた。これも俳諧精神と言えるだろう。

## 芭蕉の西鶴嫌いはなぜ

西鶴も芭蕉も、通俗性と自由性の深化を文芸上で成し遂げた時代の同志だが、芭蕉は西鶴を批判している。去来が記した『去来抄』には、芭蕉が語ったエピソードとして、今日の小賢《こざか》しい人情を隅々まで捜し求め、西鶴の文章はみじめで落ちぶれたものだ、とある。

日本文学の二つの柱のうち、芭蕉は「あはれ」を、西鶴は「をかし」を重んじた。しかし、二人の文芸観の齟齬《そご》は、志向ではなく、詩人と小説家の違いが大きい。

芭蕉は、度重なる挫折から無常観を抱き、詩的情熱を専ら内面に向けて主観に生きた典型的な詩人だ。目玉が自分の内に向かう姿勢は、「私小説」につながる日本文学の伝統である。人間の尊厳や品格にこだわる「理想主義者」といえる。

一方の西鶴は、人間の恥部を書くこともいとわない「リアリスト」で、客観に生きた小説家と言える。芭蕉は専ら人間の善に留まったが、西鶴は悪にも果断に踏み入り、善への昇華を願った。だから、西洋的で近代的な目玉は、ぎょろりと外に向いている。客観は克明が勝負だ。くまぐまと描けなければ小説家ではない。そして、卑俗に徹したがゆえの暖かい包容力もあった。

芭蕉が西鶴を嫌った一因には、西鶴の俳諧の見限りと小説家への転向だけでなく、武士芭蕉、町人西鶴という立ち位置の違いもあった。活躍の場が芭蕉は武士の町・江戸だったのに対し、西鶴は町人の町・大坂だ。この違いを認めることができなかった芭蕉の限界がここにある。点者嫌いの芭蕉と、それを厭わぬ西鶴との違いも同根だろう。

とはいえ芭蕉が、西鶴の俳諧譲りの、使った力を正確に道具に伝える名大工のような、無駄のない美しい文章に気付かぬはずはない。

芭蕉には珍しい感情的な物言いは、西鶴の俳諧興行の活力と旺盛な筆力への嫉妬を物語っていないだろうか。だが、西鶴からすれば余計なお世話だろう。

芭蕉は、人間社会を縦横に切り、即吟で他を圧倒する西鶴のような強者ではない。むしろ片隅の小詩人だ。それは俳人としての最高のありようだし、だからこそ万人に愛されもする。

晩年、人間の浮き沈みに「もののあわれ」に似た寂寥感を抱くに至った西鶴を、芭蕉は知っていたのだろうか。

## 芭蕉と西鶴の架け橋其角

芭蕉と西鶴は、お互い意識せざるを得なかったはずだが、実は生涯顔を合わせていない。そんななかで二人と交流したかけがえのない人物がいる。芭蕉の一番弟子・其角である。二人より二十歳ほど年下だ。師の芭蕉は西鶴嫌いだったが、其角はそれを忖度《そんたく》するような小さな器ではない。西鶴の才能に惚れ、親友として交流を持った（その西鶴も芭蕉より其角の才能を認めていた）。

其角は二度、江戸から大坂の西鶴を訪れている。一度目には西鶴の俳諧興行の後見まで務めた。芭蕉と西鶴は、お互いの動静を其角から詳しく伝え聞いていたことは間違いない。

其角の西鶴への思いは、西鶴の亡き後に出版した『句兄弟』にみられる。上中下巻のうち、上巻は三十九番の句合《くあわせ》を載せる。三十八人の句を兄として、其角が弟句を詠んだ。句合一組ごとに機知に富んだ判詞（優劣判定の言葉）がつく。江戸俳壇でナンバーワンだった其角の自負だろうか、最後の三十九番のみ其角の句を兄、芭蕉の句を弟とした。西鶴との句合をみてみよう。

西鶴の兄句＝鯛は花は見ぬ里もありけふの月
（鯛も桜の花も見られぬ里はあるのでしょうが月はどこでも楽しめますよ）
其角の弟句＝鯛は花は江戸に生れてけふの月
（鯛も桜も月までも江戸では見られますよ）

其角は判詞の中に次の西鶴の辞世の句を挙げて追悼している。

末二年浮世の月を見過たり　西鶴
（人生五十年というのに、更に二年もこの世の月を堪能させて頂きもったいないことだ）

この句から西鶴の人柄の大きさがわかる。悲愴感はさらさらなく、五十年間人生を見尽くした後のアンニュイというよりは、清々しい達成感に満ちている。

そして其角は、「折にふれては顔なつかし。今は故人の心に成《なり》ぬ（思い出すたび西鶴の顔がなつかしい。今は故人と心が一つになったようだ）」と記した。

ほかにも、芭蕉には決して詠めない、二人の面白い句がある。

**しゝ〳〵《ししし》し若子《わこ》の寝覚の時雨かな**　西鶴

小用に目を覚ました坊ちゃんを、乳母が抱っこして「まだ出ませんか」と促している。時雨ているので、遠い手水《ちょうず》ではなく庭に向かって小水をさせたのだ。かかる日常生活の一コマを一幅の絵のように詠んだもの。上五の「しゝ〳〵し」という「し」を五つ重ねた言葉遣い、この乳母の掛ける声がむしろ句の眼目だ。

其角にも小用の句がある。

**初雪に此小便は何やつぞ**　其角

（この清々しい初雪の上に立ち小便するとは何という不埒《ふらち》なやつだ）

其角は、世相（元禄の浮薄な風潮）批判を面白くやる天才だった。

## 西鶴の即吟と芭蕉の深み

芭蕉は、世の中を中世的な情緒で眺める種類の人間であり、身分制度を見渡す眼は持たなかった。一方の其角や西鶴は理性の眼で冷徹に眺めた。とはいえ、冷徹であっても冷酷ではない。暖かい眼である。

**世に住まば聞けと師走の砧《きぬた》哉**　西鶴

師走の夜更けに聞く女房達の夜なべ仕事の砧の音に、貧しい人々の存在を悲しむ心があった。

個々の人間の性格や心理を捨象する強靭な文学をものした西鶴が奏でる文体の強いリズムには、外科医のように鋭利なメスで、人間という魑魅魍魎《ちみもうりよう》の化けの皮を剝がすような強い意志がある。もちろん身分制度に懐疑を抱くまでは成熟していない時代だったから、珍奇な身分制度を揶揄し皮肉った。こんな昔に、金に翻弄される人間の無様さを描き切ったのだ。

芭蕉はどちらかというと努力型の秀才だったが、西鶴は芭蕉よりはるかに天賦の才に恵まれていた。俳諧がとめどもなく頭に湧き出てくる。推敲に推敲を重ねた芭蕉とは大違いである。苦吟という言葉を知らない人だったと思われる。前述したように一昼夜に二万三千五百句も詠み続けた。実に四秒弱に一句のペースで、人間離れしている。

実はこうした天才は音楽の世界にもいる。作曲家のモーツァルトやチャイコフスキーだ。モーツァルトは、近所のおばさんと世間話をしながら作曲したという。天から舞い降りたメロディが頭に蓄積され、それを後でただ楽譜に写すだけの作業だったようだ。どこでもいつでもできた。造作ないことだったらしい。また、チャイコフスキーは子供の頃、メロディが次々と頭に浮かび、苦しくてたまらなくなって母親に助けを求めたというエピソードが残っている。

しかし、神様は公平である。天才には「深み」という恩寵はそれほど授けなかった。普通の才能の人が味わう創作の苦しみに対してだけ、その「深み」というご褒美をお与えになったのだ。音楽家ベートーヴェンしかり芭蕉しかりである。

## 芭蕉評さまざま

ここでは、芭蕉と交流した人々の芭蕉評を見ていきたい。

まず、医師の本間道悦は芭蕉を「気の順《めぐ》らぬ質《たち》」（細かいところまで気が回らない）と形容した。また、大垣藩次席家老の戸田如水は『奥の細道』の旅後の芭蕉の印象を、「浮世を安く見なし、へつらわず奢らざる有様也」と記している。如水は身元不確かな芭蕉と下屋敷で面会した上級武士だが、上役にこびたり下役を見下したりしない芭蕉の姿に、浮世から超然とした芸術家と見定めた。芭蕉は我が道を行く、淡々とした人柄だったようである。

談林派の野口在色《ざいしき》は、貞享（一六八四〜八八年）以後の芭蕉はじめ蕉風の俳諧を「連歌の腰折れ」と評した。これは、蕉風には俳諧の重要な要素である滑稽と洒落《しやれ》がなく、かといって正風連歌には及ばない、連歌の出来損ないだという意味だ。同じ談林派の西鶴の俳諧観も「俳言つよく、然もやすらか」だった。談林派は機知に富み骨格のしっかりした俳諧を尊んだため、当時現実性・通俗性が弱く和歌的情緒に流されがちだった蕉風は容認できない立場だった。貞享二（一六八五）年に詠まれた芭蕉の次の句は、当時の傾向をよく示すものである。

辛崎《からさき》の松は花より朧《おぼろ》にて　　芭蕉

（辛崎の松は、背後にある桜の花よりもさらに朧にかすんで趣がある、という意。下五が「かな留」ではなく「にて留」であることから、門人たちに議論を呼び起こしたことで有名）

芭蕉も機知的な滑稽を十分意識していたのは確かだが、無心や閑寂やさびの強調により、その意識が薄まってしまったことは否めない。

芭蕉の死後、其角と江戸俳壇をリードした水間沾徳《せんとく》は、『沾徳随筆』で「芭蕉発句は、よき句もあれどうすし。薄き所を得たる作者なり。然れども其角つよき程の句に、ばせを（芭蕉）は力およばず」と記した。芭蕉は作意に乏しいと批判され、其角が俳聖とみなされている。

西鶴にも芭蕉評が残る。

「又武州の桃青は、我宿を出て諸国を執行、笠に『世にふるはさらに宗祇のやどりかな』と書付、何心なく見えける。これ又世の人の沙汰はかまふにもあらず、只俳諧に思ひ入て、心ざしふかし」（『西鶴名残の友』巻三の四）

（また江戸の芭蕉は、わが家を出て諸国を行脚、笠に「世にふるは……」と書きつけ、すべて無心のさま。世間の評判などは気にかけず、ただ俳諧を一途に思い込む志は深い）

談林の先輩かつ浮世草子の巨匠としての西鶴の余裕だろうか。真面目で一途な後輩の芭蕉をほめた。

■芭蕉（1644-1694年）と西鶴（1642-1693年）のあゆみ
（《 》内は西鶴年譜）

- 《21歳 西鶴、俳諧点者になる。入門は15歳》
- 23歳 宗房　藤堂新七郎家若様早逝【１回目挫折】
- 29歳 宗匠を目指し江戸へ
- 《32歳 西鶴、大坂生玉で万句興行、大坂談林派を立上げリーダーに》
- 31歳 俳号桃青（32歳 風虎邸西山宗因歓迎句会同座）
- 《34歳 西鶴、25歳早逝の妻に「俳諧独吟一日千句」、以後法体》
- 34歳　４年間上水工事従事後失業【２回目挫折】
- 《36歳 西鶴矢数俳諧千六百句独吟（『西鶴俳諧大句数』）》
- 35歳 俳諧宗匠立机
- 37歳『桃青門弟独吟二十歌仙』刊、深川隠棲【３回目挫折】
- 《39歳 西鶴、矢数俳諧四千句独吟（『西鶴大矢数』）（四千翁）》
- 38歳 俳号芭蕉　仏頂に参禅するも出家せず
- 39歳「八百屋お七の火事」で甲州に疎開
- 《41歳 西鶴、『好色一代男』出版》
- 41歳 三大紀行『野ざらし紀行』の旅（母一周忌）、芭蕉七部集『冬の日』
- 《43歳 西鶴、大矢数俳諧二万三千五百句（二万翁）、以後は小説に専念》
- 43歳 二十番「蛙合」興行
- 44歳 三大紀行『笈の小文』の旅（母五回忌）
- 46歳 三大紀行『奥の細道』の旅（母七回忌）
- 《49歳 西鶴、俳諧復帰》
- 48歳 芭蕉七部集『猿蓑』（蕉門の『古今集』）刊
- 《52歳 西鶴、死去》
- 51歳 芭蕉七部集『炭俵』刊、大坂で死去

■芭蕉、其角、西鶴の対照表

| | 芭蕉 | 其角 | 西鶴 |
|---|---|---|---|
| 本拠地 | 伊賀 | 江戸 | 大坂 |
| 出身 | 下級武士（無足人） | 御殿医（本多家） | 富裕商家（刀剣商） |
| 家族 | 独身（内縁の妻あり） | 妻帯（晩年妻家出） | 34歳の時、妻25歳で早逝以後独身<br>3子の内一人盲目 |
| 年回り | | 芭蕉の17歳下 | 芭蕉の2歳上 |
| 師系 | 北村季吟（貞門）に師事、談林を経て蕉風 | 談林を経て芭蕉に師事<br>蕉門のち独立其門 | 貞門を経て宗因（風俗詩・談林）に師事 |
| 俳風 | 閑寂（蕉門）・点者嫌い・貞門の物付（言葉の連想）や談林の心付（意味の展開）から匂付（余情の映発）へ | 伊達<br>江戸洒落風の祖<br>芭蕉死後点者 | 阿蘭陀流・点者<br>速吟・矢数俳諧創始打止<br>貞門の物付から心付へ<br>小説的場面展開 |
| 文筆 | 俳文（閑寂な俳諧観が反映した散文） | 俳文 | 浮世草子（風俗小説、談林俳諧精神反映）<br>浄瑠璃に進出するも近松に敗退 |
| 師弟関係 | 其角の師匠 | 芭蕉の弟子（14歳で入門） | |
| 交友関係 | | 西鶴の友人 | 其角の友人 |
| 主義 | 理想主義・古典に伍す | 現実主義 | 現実主義・人は化物 |
| 対権力 | 従順 | 反権力 | |
| 対中世観 | もののあわれ・わび・共感 | | |
| 教養 | 和漢古典・禅・書・画 | 和漢古典・禅・書・画 | 日本古典・書・画 |
| 弟子 | 武士・浪人多し | 大名・町人・乞食、様々 | 町人 |
| 気質 | 高潔ウェット田園詩人 | ドライな都会の詩人 | 人生の観照家 |
| 対他門 | 排他的 | 寛容　交流あり | |
| 友人 | 山口素堂 | 英一蝶 | |
| 天才・秀才 | 秀才 | 天才・奇才 | 天才 |
| 飲酒 | 上戸ながら自制 | 大酒飲み | 下戸 |
| 旅 | 行脚詩人・西行と双璧 | 普通・関西に2度 | 旅好き、法体後遊歴 |
| 法体 | 法体姿 | 法体姿 | 妻死去後法体 |
| 色道 | 若衆道 | 遊蕩児、吉原遊び | 女若二道　粋法師 |
| 享年 | 51歳 | 47歳 | 52歳 |

# 第五章　無頼の門人たち

俳諧の革命児である芭蕉のまわりには、無頼や方外の者が集まった。罪人を含む多士済々の門人らが蕉門を彩ったのである。

一方で、芭蕉が新しみを求め、俳風が目まぐるしく変化したため離反者も多く出た。しかし、芭蕉は去る者は追わず、蕉門の量的な拡大よりも、質的な統一を重んじた。

離合集散した蕉門の師弟関係を追う。

# 蕉門の経営者たち

一説には二千人と言われた松尾芭蕉一派の「蕉門」を、今の会社組織に例えてみたい。営利団体と芸術団体は目的が異なるが、組織運営という点では共通点も多い。

まず、社長はもちろん芭蕉だ。そして、蕉門立上げ時は、芭蕉の師である季吟の門人や仲間が主力メンバーだったが、彼らは主要なポストに就いたわけではない。

たとえば、幕府の御用商人で一番のスポンサーだった杉風は、アマチュアであることから非常勤取締役に過ぎなかった。芭蕉より年長で学識教養に勝った葛飾派の祖・山口素堂も、多才であったがゆえに俳諧に専念せず、非常勤の顧問か相談役といったところだ。

そんななか芭蕉が頼ったのが、常勤のプロの俳諧師である其角だ。自分より十七歳も若い気鋭の門人だったが、自ら抜擢して、副社長としての役割を与えた。其角も期待に応えて、蕉門拡大の営業部長を兼ね、去来や凡兆などの有力俳人をスカウトしてゆく。

そして、深川に隠棲してから行脚生活に入るに至っては、芭蕉は社長の座を其角に譲り、代表権は維持しつつも会長職に退いた感がある。

ちなみに、江戸を留守にしがちだった芭蕉は、正月恒例の門人揃い踏みの年頭あいさつである「歳旦帳」の発行を其角に代行させている。そして、其角は其門（のちの江戸座）という自派を率いた。いわば子会社であり、その社長を兼任した。

芭蕉が、曲者《くせもの》の多い門人たちを統率し掌握できたのは、豪気で鷹揚な其角が、重量感をもって要にいたからである。

一方、京都蕉門の去来は、芭蕉の信認厚く、社長其角の下で専務といった位置を占めた。西の「三十三ヶ国の俳諧奉行」と言われたほどだ。なお、東の「三十三ヶ国の俳諧奉行」は杉風だった。

其角と並んで、芭蕉に「両手に花」と言わせたのが嵐雪《らんせつ》である。ただ、実力者でありながら、芭蕉と距離を置いていたため、常務といったところだろう。それでも、自派雪門を抱え、其角同様に子会社社長を兼ねる。

美濃派の祖・支考は、門人歴は浅いものの蕉門の論客で常務格だ。また、晩年の門人ながら芭蕉の信頼が厚かった彦根俳壇の論客で、自信家の森川許六《きょりく》も常務格といえる。芭蕉の没後約十年、師の追善に日を費やした実直な近江俳壇の内藤丈草《じょうそう》も同格である。

なお、越人《えつじん》、荷兮《かけい》、尚白《しょうはく》、三上千那《せんな》、凡兆、洒堂《しゃどう》は、離反しいずれも役員を降りている。

芭蕉は「古池や」の句では其角に、また「旅に病《やん》で」の句では支考になど、句作に当たって門人に意見を求めることが多く、門人に対して指導者として偉ぶることなくざっくばらんにフレンドリーに接していたことも与かっていたのだろう、蕉門は議論が活発で、風通しも良く民主的だった。『去来抄』は、その姿を臨場感を以て伝えている。そして人の出入りの多さは、生命力に満ちあふれた有機的な組織を物語る。うらやましいほど理想的な集まりだったのだ。

## 芭蕉が意識したライバル

芭蕉が、俳諧師から小説家に転身した西鶴にジャンルを超えたライバル意識を持っていたことは疑いないが、ここで取り上げるのは其角である。

其角は、芭蕉がその才能を妬《ねた》むほどの早熟の天才だった。芭蕉の高弟であり、蕉門十哲《じってつ》と蕉門四天王のひとりだ。よく知られる句が次である。

**夕すゞみよくぞ男にうまれけり**　其角

（冷房装置のない江戸時代、庶民は涼をとるのに、夏の蒸し暑さが和《やわ》らぎ始める夕暮れ時に表に出て、夕涼みをするのが楽しみだった。浴衣《ゆかた》がはだけても気にせず団扇《うちわ》をせわし

くあおげるのも、男に生まれたからこそだという感慨を詠んだ句。この江戸っ子らしい気風《きっぷ》のよさは其角の身上）

芭蕉が畏敬しただけでなく、与謝蕪村も尊敬した其角だが、芭蕉七部集に其角の撰がないのは、其角自身が其角七部集を出すほどのプロの俳諧師であり、別格だったためだろう。また、芭蕉は、連句では他を寄せ付けないほど優れた才能を持っていたが、発句では其角と互角か、場合によっては後塵を拝すると自覚していたと思われる。

「奇角」と名乗った方が相応しいほどの奇才で、和漢の書や能、狂言、謡曲、俗謡を駆使した。それは、芭蕉も同じだが、其角には及ばない。門人のほとんどが其角の洒落風を理解できず、芭蕉との親密な関係をやっかむばかりだった。

芭蕉の没後は洒落風の其門を起し、蕉門とともに江戸俳諧に存在感を示した。洒落風とは、芭蕉の幽玄と閑寂に対して、都会趣味で凝った技巧を用い、奇抜な着想と新奇な趣向により頓智や洒落をきかせたものだ。

二人の俳風の懸隔を問うた門人の許六に、芭蕉はこう答えた。

「師が風、閑寂を好んで細し。晋子（其角）が風、伊達を好んで細し。この細き所、師が流なり（自分の俳風は閑寂で其角のそれは伊達と、作風は異なるが、優雅な詩心やこまやかな感受性から生まれる繊細であえかな余情美は同じである）」

スケールが大きいゆえに怪物と言われた。しかし、奇才好みの当時の江戸の人々が芭蕉以上に愛した通り、実は愛らしい怪物である。其角の一番の理解者は外ならぬ芭蕉だった。

## 其角は芭蕉と俳壇の双璧だった

形式に拘泥《こうでい》しない自由で無辺際な俳諧を重んじた其角は、芭蕉が晩年に唱道した「かるみ」に追従しなかった。老いた芭蕉は苛立ちを覚えたであろうが、一方では、盲従の徒ばかりの門人のなかで、其角のその毅然とした態度に頼もしさも感じていたのではないだろうか。

其角は、時期により親疎の濃淡はあるものの、芭蕉の一番弟子であり右腕として、生涯にわたって芭蕉から離れることがなかった。いや離れられなかった。その結びつきが、其角の父・竹下東順と二代にわたる強いものだったからだ。

東順と芭蕉は同じ北村季吟門で親交が深く、芭蕉は旅先でわざわざ東順の故郷・堅田《かたた》（滋賀県）まで足を延ばしたほどだ。元禄六（一六九三）年に武蔵野（江戸）で亡くなった東順に、芭蕉は追悼の俳文「東順伝」を捧げた。膳所《ぜぜ》藩主本多公の御殿医を辞したのち、世間的な名声を捨てた東順を、都会に住む真の隠者とほめたたえている。そこに載せた次の句は、二人の紐帯《ちゅうたい》の太さと芭蕉の弔意を如実に示す、紛れもない名句である。

**入月《いる》の跡は机の四隅哉《かな》**　芭蕉

（月が沈んだあとには、東順が日頃寄り掛かっていた机だけが淋しく残り、暁の光が主を失ったその愛用の机の四隅を照らすばかりだという意味の句。「入月」は東順を暗示し、主のいない空虚感を「四隅」に象徴させている）

芭蕉にとって其角は言わば「糟糠《そうこう》の妻」である。貞門が廃れ、談林派が下克上を果たす戦国時代のようなジャングルの様相を呈するなかで、リングに上がる好機を捉え、世に出るまでの苦楽を共にした門人だった。其角は蕉門から独立して其門を立てたが、責任感からだろう、芭蕉の葬儀を取り仕切ったばかりではなく、「芭蕉翁終焉記」を記した。

しかし二人は、封建時代の厳しい制約の中でも健気に生きる市民の新鮮な息吹を胸一杯吸い込んだのは同じだが、俳諧観は異なる。芭蕉は悠久の自然を詠う田園詩人だったが、其角は移ろいやすい都会の詩人である。芭蕉は連句などで人の心の機微を丁寧に読み解きながら、やわらかな掛け合いを好む、穏やかで女性的な性《さが》が身上だ。一方の其角は、発句で自分の言いたいことをズバリ詠む、洒洒落落《しやしやらくらく》な男気が身上だった。

また、先に述べた通り、芭蕉は従順ないわば幕府に期待される元禄市民だったが、其角は社会悪に目をつむることができなかった。そのため俳諧伝統の滑稽を重んじた。その談林由来の社会風刺や反権力の姿勢は芭蕉にはないものであり、蕉風とは別の俳諧のあり方として、高く評価されるべきものだ。西鶴の浮世草子がそうであったように、其角は俳諧で世相を斬った。

芭蕉が貞門の教化性や談林の権威に対する嘲笑から離れて俳諧を人生詩として追い求めたのに対し、其角はその談林の抵抗文学の精神を受け継ぎ時代と共に生きたのである。それぞれ将軍綱吉の厳格な幕藩体制のもと、庶民文学の精一杯の開花だった。

其角は本来「双璧」として芭蕉と対等に位置づけられるべき俳人だった、といってもあながち的外れではないだろう。

## 男芸者と揶揄された其角

かつてフランスでタブーだった踊り子の日常的な姿態をデッサンしたのが画家のドガである。そのドガにも似て、其角はなりふり構うことなく、悪所の吉原（ただし、幕府公認の社交場である）など人生の舞台裏や、傾《かぶ》く日常をつぶさに見つめ、偉ぶらず深刻がらず人間の本質にさらりと迫った。其角が井原西鶴に共鳴したのも肯ける。

この其角を幇間《ほうかん》（太鼓持ち、男芸者）俳人と蔑んだり、吉原出入りの遊び人と揶揄する輩《やから》もいたが、そんな安っぽい人ではない。芭蕉と同じく座を取り持つ才気にもあふれている。大名の方から進んで俳諧師と行き来した時代にあって、大名や旗本、有力商人と付き合った。しかも、彼らだけではなく、妓楼主や遊女にも弟子が多く、乞食にも分け隔てをすることはなかった。有力者が嫌おうと同じ撰集に自分の下僕を並べている。

連句の付けの鮮やかな芭蕉が恋句の名人だったのに対して、其角はそうでもない。社会派の硬骨漢で、冷徹な眼の持ち主だったことはこれまでにも述べたとおりだ。「我々の腹の中には屎《くそ》と欲以外には何もない。公卿、士農工商、生きとし生ける者みな同じ。この屎と欲を隠して冠を正し太刀をはき馬に乗る」と記した。色んな揶揄は度量の大きさと取った方がよさそうだ。次の一句を見ればわかる。

## 武帝には留守とこたへよ秋の風　其角

前書には「背面達磨を画《かき》て」とある。後ろ向きの達磨の画に添えての賛だ。達磨は天竺の僧で、梁の武帝に見《まみ》えたとき、武帝から仏法の根本は何かと問いただされると、「廓然《かくねん》無聖《むしょう》」と喝破して、江を渡って魏の少林寺に入ったという。画はその後姿である。「廓然」とは執着のない無心の境を表し、「無聖」とは聖なるものが何もないことをいう。自由奔放はとかく下品になりがちだが、高い格調を失わない好句だ。

第一章の「幕府の優等生だった芭蕉」の項でも触れたが、「鯉の義は山吹の瀬やしらぬ分《ぶん》」の句のように、其角には、謎解きを必要とする難解な句が多い。当時、誰でもぴんと来たものが現代では通用しなくなっているからだ（現代の俳人も他人事ではないだろう。将来、現代俳句も同じく難解と形容される運命にある。それどころか、環境変化の激しさゆえに、その難解化が進むスピードは其角の時代の比ではない）。

省略の文芸である俳句のこの宿命に深刻なまでに逢着《ほうちゃく》したのが其角だった。世を捨て「俳諧など生涯の道の草」と言った芭蕉はともかく、いかに豪放磊落な其角といえどもあの世で当惑しているに違いない。わかりやすさに徹し、この宿命をうまくすり抜けた芭蕉の方が一枚上手だったのだろうか。それとも旅で自然を相手にした芭蕉につきがあったのだろうか。

それにしても、この難解も災いしたとはいえ、遊び好きの男芸者はないだろう。なぜなら、その一番弟子を育てた師匠が神様と呼ばれたのだから。芭蕉を俳聖として美化し際立たせるために、其角をおとしめる。よくある話だ。其角の復活を望みたい。

## 芭蕉の両手に花とは？

両の手に桃とさくらや草の餅　　芭蕉

「草庵に桃桜あり。門人にキ角（其角）・嵐雪有」の前書どおり、最古参の門人二人を称賛した。元禄五（一六九二）年、芭蕉四十九歳の時だ。この句は二人が業俳（プロの俳諧師）という地位のみならず、実力においても別格だという師の宣言だった。

　其角は江戸っ子らしい都会詩人である。「花やかなる事其角に及ばず」と評された。後年芭蕉と俳風の齟齬が生じたが、自ら啓発し作風を変革できる力量を持った稀有の才人として芭蕉に認められた。苦吟した芭蕉と異なり即吟の名手で、即興を重んじて、芸術至上主義をこう諫《いさ》めたと言われる。

「一句勧進の功徳はむねのうちの煩悩を
舌の先にはらつて即心即仏とするべし」

俳諧の座を華やげる才を芭蕉が羨んだらしい。其角が代表句と自負していたのが次である。

**行水や何にとどまる海苔の味**　其角

「行水や」は鴨長明の『方丈記』からの本説《ほんぜつ》取りである。海苔にとどまる無常の味を詠んだ。

一方、嵐雪はその句のとおり心優しい浪人で、やはり都会詩人だ。「からびたる事嵐雪に及ばず」と称された通り、作風は枯淡で温雅。三十年に及ぶ武士奉公を辞し、俳諧宗匠となった。若い頃は其角と同様に悪所（遊里や芝居町）通いに明け暮れ、妻も遊女上がりだった。点取俳諧に手を染めたため、芭蕉の怒りを買う。芭蕉の奥州行脚に嵐雪は送別吟を贈らなかった。それでも並の師弟関係ではない。江戸で芭蕉の訃報を聞くや、一門で芭蕉追悼句会を開き、芭蕉の甥とも従弟ともいわれる門人の天野桃隣《とうりん》と共に芭蕉の墓所がある膳所（滋賀県大津市）の義仲寺に参じた。辞世の句をこう詠んだ。

**一葉散る咄《とつ》ひとはちる風の上**　嵐雪

（私は今桐の一葉が落ちるように死を迎えているが、「咄」という一語の弾みで、清々しく空《くう》となって風の上を行くのだ。「咄」は元は舌打ち音をさすが、事の意外さに驚き怪しむ声のこと）

このように、芭蕉の風を忠実に真似、またその教えを正確に伝えることを第一義に専心するだけのような他の門人たちと、二人を同列にすべきではない。芭蕉の「蕉風」と同じく、其角は「其風」、嵐雪は「雪風」とでも言うべき、独自の作風を持つプロである。自分の風を自分で創造する芸術家なのだ。芭蕉が独立させたのは、二人にその器量を認めたからに他ならない。「蕉門十哲」と呼ばれる高弟十人がいるが、実際には二人が傑出していたのである。ちなみに、芭蕉が二人に「かるみ」を説いた痕跡はない。

## 蕉門の罪人たち　上

俳諧の革命児である芭蕉は、武士の規範から外れて俳諧師になったアウトサイダーだったから、自ずと社会の仕来りや倫理には鷹揚だった。そのため、蕉門には自然と血の気の多い無頼や方外の者が集まり、門人は大名から浪人、乞食俳人まで実に多彩だった。彼らは何らかの逆境から世にはみ出て、俳諧に遊んだのである。

犯罪者が目に付く蕉門は、コンプライアンスに厳しい昨今なら大バッシングを受けることは間違いない。

まず当の芭蕉だが、監視が無いとはいえ、罪人だった才気煥発な愛弟子の杜国（万菊丸）を誘い出し、『笈の小文』の旅の中で、二カ月もの遊覧三昧。杜国とは衆道関係だったともいわれるが、芭蕉自身も罪人となる覚悟での禁断の恋だった。その大胆不敵さには驚くばかりだ。

杜国はこの『笈の小文』の旅の後、三十半ばで早逝するのだが、二人が吉野の花見への出立時に唱和した次の句には、近松門左衛門の心中の道行きに馳せる気持ちが表れている。

よし野にて桜見せふぞ檜《ひ》の木《き》笠　　芭蕉
よし野にて我も見せふぞ檜の木笠　　万菊丸

杜国は空米売り（現物なしの米取引）の罪に問われ、家屋敷没収、領内追放、名古屋から保美の里（渥美半島先端の伊良湖崎近く）に謹慎の身だった。芭蕉はこの危ない旅の手引きを、門人の越人にさせている。もちろん、この罪人との旅行記『笈の小文』は生前出版できなかった。

次に、投獄された京の医師である凡兆についてみてみたい。芭蕉を頻繁に自宅に迎え、妻の羽紅《うこう》と共に親交を深めた。その際立って客観的で、印象の鮮明な句風は今も評価が高い。

代表句は、芭蕉七部集の一つで蕉門の『古今集』と言われる『猿蓑』に収められている。

**時雨るるや黒木積む屋の窓明り**　　凡兆

凡兆は、『猿蓑』を去来と共編する蕉門の代表作家だった。

だが、尾張蕉門の岡田野水《やすい》、越人と組んで、同じく門人の八十村路通《やそむらろつう》の素行不良を讒訴《ざんそ》したところ、逆に芭蕉の不興を買う。さらに「かるみ」に移行する芭蕉と作風が合わず反目し、のち離反している。

そんな凡兆が、虎穴に入らずんば虎子を得ずを地で行ったためか、朝鮮人参や南方の薬草の密輸品売買の罪に連座したという。「猪の首の強さよ年の暮」の句は獄中の作だ。なお、出獄後の大坂では精彩を欠いた。

## 蕉門の罪人たち　下

蕉門周辺の次のアウトサイダーは、「島流し」にされた画家の英一蝶《はなぶさいっちょう》（多賀朝湖《たがちょうこ》）である。「元禄の徒花《あだばな》」だった。だが、きれいな徒花だ。長年の放蕩に愛想をつかした妻に去られた親友の其角や、遊女を娶った嵐雪は、遊郭浸りのどら仲間だった。そして、芭蕉とも親しく、蕉門の客分として句座にも同席していた。

代表句は、画家らしく艶《あで》やかで、色彩感にあふれている。

**袖つばめ舞たり蓮の小盞《こさかづき》**　　暁雲《ぎょううん》（一蝶）

袖にツバメの舞う図が描かれた衣装をまとう遊女が注ぐ盃の底に、紅白の蓮の花模様が浮かんでいる。

一蝶は絵描きの才能を認められ、藩主の命を受けて狩野安信に入門したが、後に破門されている。それでも朝湖の名で、「狩野派風の町絵師」として活躍した。

一方で、吉原遊廓に通い続け、自ら幇間《ほうかん》（太鼓持ち）としても活動するほどだった。その派手な遊びがたたって幕府の怒りを買うと、将軍綱吉の「生類憐みの令」違反の罪を理由に三宅島に島流しにされた。二度と戻れぬはずだったが、綱吉死去に伴う大赦を受けて江戸に戻っている。

遠島の本当の理由は、大名を唆《そそのか》し遊郭遊びで散財させたなど、幕府が公にしたくない罪であったとの説がある。いずれにしろ、江戸に戻った後も、一蝶に改名して活躍した数奇な生涯だった。江戸の市井《しせい》の人々や風俗を描いた「紙本著色四季《しほんちやくしょくしき》日《ひ》待図《まちず》」などは、国の重要文化財に指定されている。

次は、蕉門ではないが其角の親友だった歌舞伎役者の初代市川團十郎である。その團十郎は舞台上で、役者の生島半六に惨殺されている。また其角の門人に大高源吾（子葉）、富森春帆、神崎竹平という赤穂浪士がいたのは有名な話だが、自分の撰集『焦尾琴』にも彼らの句を載せている。其角には、英一蝶だけではなく危うい交友がつきまとった。

最後は、切腹した菅沼曲水を見てみたい。近江国膳所出身の武士で、江戸出府中に芭蕉に入門した。膳所藩では中老という重職に就き、近江蕉門の重鎮として、芭蕉を経済的にもサポートしている。現存する曲水宛の芭蕉書簡の多さが、厚情を物語る。芭蕉の初対面での曲水の印象は「ただ者に非ず」だった。元禄二（一六八九）年の『奥の細道』の旅の後、芭蕉の膳所訪問で二人は親交を深めた。曲水が伯父の菅沼定知の別荘を提供したのが幻住庵で、そこで芭蕉が「幻住庵の記」を著した。ここには、「勇士曲水」と記されており、清廉な人柄だったようだ。

だが、芭蕉の死後、血気盛んな蕉門の人々に漏れず、感情の振り幅が大きかったのか、壮絶な最期を遂げる。享保二（一七一七）年、不正を働く家老の曾我権太夫を槍で一突きにして殺害し自らも切腹したのである。子も切腹を命じられ、妻は尼となった。墓は芭蕉と同じ義仲寺にある。

## 木因を試した芭蕉

芭蕉といえど、詩の世界でがっぷり四つに組める友人、門人はそう多くない。その一人が、『奥の細道』の結びの地である大垣で廻船問屋の主人をしていた木因だ。芭蕉とは同じ季吟門の旧友だった。命がけの『野ざらし紀行』の旅に出る動機の一つが、木因の誘いと言われている。野ざらしになることもなく旅を終えて、親友である木因の宅にたどり着いた安堵感がしみじみと伝わる次の句を詠んだ。

**しにもせぬ旅寝の果《はて》よ秋の暮**　　芭蕉

こうした二人の知的な交歓を示す書簡が残っている。

まず芭蕉から木因への謎かけの書簡だ。

「蒜《ひる》の籬《まがき》に鳶《とび》をながめて」という前句に「鳶の居る花の賤屋《しずや》とよみにけり」という付句をした俳人（実は芭蕉作）が江戸にいて、芭蕉に批評を求めてきたという架空のストーリーを仕立てた。

付句に前句と同じ「鳶」を入れるのは、同物・同字の付を禁じている連句の法則に反する。芭蕉は、この作者を隠して、わざと木因の教養を試すべく、「何故この付句にしたのだろうか」と尋ねた。

この芭蕉の問いに対して、木因はこう見抜いている。「蒜の籬に鳶をながめて」は本来和歌の前書であるのに、無理に七（蒜の籬に）七（鳶をながめて）として連句の前句のように見せかけ、さらに「『鳶の居る花の賤屋』という和歌を詠んだ」という意味の通常文を、五（鳶の居る）七（花の賤屋と）五（よみにけり）の発句にしつらえた、芭蕉のいたずらである、と。

そこで木因は、十分に理解できず残念ながらお返ししますと断わったうえで、とぼけて別の架空の話をしつらえ、芭蕉に次のように返書している。

木因が京都に滞在中に古人（実は木因）の筆跡を手に入れたものだ、と芭蕉書簡の文言をまねて偽り、次の和歌を返した。芭蕉のいたずらに対し、別のいたずらで返したのだ。

菜園集巻七　春　俳諧哥《うた》
蒜のまがきに鳶の居るを詠《なが》（め）侍りて
鳶の居る花の賤屋の朝もよひ

## 木をわる斧の音ぞ聞ふる

木因はまず「鳶の居る——」という五七五七七の架空の古歌（実は木因作）を、勅撰和歌集らしき架空の菜園集からの引用だと見えを切った。そして次に芭蕉が前句と主張する「蒜の籬に鳶をながめて」を「蒜のまがきに鳶の居るを詠（め）侍りて」と変え、七七をくずして和歌の前書らしくした。芭蕉が置いた「蒜の籬に鳶をながめて」という前句を和歌の前書と解釈すれば、和歌本体での重複もないため、よって連句の禁則を免れ容認できると、遠回しに謎解きしたのだ。

芭蕉は、意図を推察し的中させただけではなく、巧みに裏をかいた鮮やかな木因の手腕に、識見の高さを再認識した。二人の文人の豊かな教養が滲《にじ》み出た往復書簡となっている。こんな知的で垢ぬけた、おしゃれな遊び心があるだろうか。

『奥の細道』の旅を終えた芭蕉を大垣で迎えたのが、この木因であることは前述した。しかし、心を許し合った二人は急に疎遠になった。芭蕉が交わろうとしなかった西鶴やその弟子の北条団水はじめ、交際の範囲が広かった木因だったが、これも関係があるのだろうか。残念なことである。

## 離反者が多かった蕉門

蕉門には離反者が多い。疎遠になった者も含め、嵐雪、越人、荷兮、尚白、千那、凡兆、酒堂、いずれも主要メンバーである。その原因は芭蕉の「変風」にあった。新しみを求め、俳風が目まぐるしく変化したためだ。

特に、晩年に「かるみ」を唱えてからは、離反者が相次いだ。もともと、ストーリーのダイナミックな創造や華麗な展開の圧倒的な作意の力に惚れこんだ門人たちにとって、芭蕉のこの最後の変節は、堕落とは言わないまでも許しがたい後退と映ったのだろう。芭蕉が、高悟帰俗（高く心を悟りて俗に帰るべし）と説いたとはいえ、その隔たりは大きかった。

そして、芭蕉は去る者は追わない。また、理想が高いゆえに他門に対する寛容さを欠いた芭蕉だったから、蕉門でも師を公然と批判した凡兆など、従わないものには厳しかった。蕉門の量的な拡大よりも、質的な統一を重んじたのだ。宗匠ではなく芸術家として筋を通した。

芭蕉の没後、江戸俳壇を其角と二分した嵐雪もそうだし、先にも触れたが『奥の細道』

の旅を終えた芭蕉を大垣で迎えて世話をした木因も疎遠になった一人だ。出迎えた時に連句を巻くなど旧交をあたためたのが最後、突如として離反した。木因は、蕉門というより、同じ季吟門の友人であり、蕉風確立の功労者として特に昵懇《じっこん》だったから、どこでどのような齟齬が生じたか、実に不可解だ。『奥の細道』に木因の名がないのも不自然だし、意図的ですらある。

　離反者が多く出た結果、最終的にはイエスマンが残った感がある。ただ其角だけは例外だった。その存在感は芭蕉が軽々に排除できるものではなかったからだ。蕉門の実力者である荷兮に対する二人の評価がいい例だ。芭蕉はわざとらしい細工を嫌い、「凩《こがらし》の荷兮」とまで言われた荷兮の代表句「凩に二日の月の吹きちるか」を、私意による「作意」の句として認めなかった。しかし、「作意」に私意があるかないかの判定はもともと難しい。創造性や個性を作意といわれ否定されては荷兮も立つ瀬がなく、芭蕉から離反する。一方の其角は芭蕉と異なり高く評価し、自らも荷兮と同じ「作意ある句」の世界を生涯押し通した。そして、芭蕉も、自分と俳風が異なるとはいえ、さすがに蕉門の重鎮である其角には敬意を払い、正面から非を諭すことはなかったのである。

# 蕉門の乞食俳人路通

「愛弟子」の言葉どおり芭蕉が愛した門人と言えば、『笈の小文』に相思相愛の道行を記した杜国と、路通だろうか。

路通は乞食僧で、富裕層が多い門人の中でひときわ異彩を放つ。古典や仏典に精通しており、貞亨二（一六八五）年『徒然草』などの辻講釈をしながら草津・守山の辺を放浪しているところに、『野ざらし紀行』の旅の芭蕉（四十二歳）に出会って入門した。乞食が和歌を詠むと聞いた芭蕉の求めに応じた路通の一首に、芭蕉が感心したことがきっかけだという。

その後、路通は貞亨五年頃より深川芭蕉庵近くに居住した。芭蕉は当初、『奥の細道』の旅に路通を同行させる予定だったが、のち曾良に変更している。路通が気づまりから辞退したようだ。それでも敦賀で芭蕉を出迎え大垣まで同道している。

路通は、『俳諧勧進帳』を出版するなど実力者でありながら素行が悪く、大津で茶入れをくすねたという事件を引き起こす（「茶入れ事件」）。そして、懲りずにまた問題を起こした。芭蕉が加賀の門人の依頼で書いた付句十七体の教えを、芭蕉が後に反故《ほご》にしたものにもかかわらず、勝手に直伝として公開したのだ。

去来の『旅寝論』には、「反古を拾い読みしたか、と芭蕉が大笑いした」と記されているが、これは蕉門連句の要であり、寝耳に水の他の門人は悪し様に非難した。蕉門で爪はじきになり、ついに破門となる。しかし芭蕉は、臨終の際に破門を解き、わざわざ他の門人に和解するよう遺言している。

路通へのきめ細かい心配りといえるが、芭蕉はなぜここまでかばったのか。乞食僧ゆえに脱俗の本気度を買ったからか（のち還俗したが）。あるいは、逆説的だが何かと手がかかったその憎めない性格を、親の目を盗んで悪事を働く我が子のように感じたからなのか。いや、やはり詩才を惜しんだからなのだろう。

次の代表句にみられる優雅で細やかな感性を、芭蕉は『去来抄』で「細みあり」とした。

**鳥共《ども》も寝《ね》入《いっ》てゐるか余呉の海**　路通

（余呉湖〔滋賀県北部〕の水鳥たちもすっかり寝入ったか、羽ばたき一つ聞こえない）

芭蕉の埋葬に、遠方からはせ参じたが、間に合わなかった路通は、墓前で慟哭したという。のちに、『芭蕉翁行状記』を出版し、師の厚情に報いている。

## 芭蕉の絵の先生は？

芭蕉は、文人の嗜みとして書画にも秀でていた。西鶴や其角、杉風も同じである。芭蕉が画の師と仰いだのは門人の許六で、彼の画に添えた芭蕉の賛がいくつか残る。

許六は、近江国（滋賀県）彦根の藩士（禄高三百石）である。武士の表芸である剣術、馬術、槍術、そして裏芸として文人の嗜みである書道、絵画、俳諧の六芸に優れたことから、芭蕉が授けた号が「許六」だった。とりわけ狩野派の奥絵師である狩野安信に学んだ絵はプロ級だ。

俳諧は季吟門だが、談林派を経て嵐雪、其角にも指導を受けた。参勤交代の供として江戸勤番中の元禄五（一六九二）年、四十九歳の芭蕉に入門している。『去来抄』によると、その時、ほめ上手の芭蕉が「しおりあり」と称賛した句が次である。

**十団子《とをだご》も小粒になりぬ秋の風**　許六

（宇津谷峠の名物の十団子も小粒になってしまい、秋風が余計にしみじみと感じられるこ

とだ、という意。十団子は駿河の国〔静岡県〕宇津谷峠の名物の団子で、十個ずつが紐や竹串に通されている）

「しおり」とは、余情美としてのしみじみとした情感を指す。

許六は、頻繁に芭蕉庵を訪れ、約九カ月にわたって懇切丁寧な指導を受けた。芭蕉も何度か宿舎を訪れている。翌元禄六年、彦根に帰藩の際、芭蕉は餞別に「柴門《さいもん》ノ辞《じ》」という文を贈った。

師事したのは芭蕉の晩年三年間と短いが、蕉門十哲の一人であり、屈指の論客として、芭蕉が晩年に説いた「かるみ」の論陣を張る。師の没後に蕉風の理論化に努め、去来と俳論をかわした。許六は豪気な槍の名人で、一方の気韻高い去来も武道の達人だったから、武芸の腕に覚えがある二人が相対したのである。去来は、こんな句を残している。

**鴨啼《なく》や弓矢を捨《すて》て十余年**　　去来

（雁に遅れて渡ってきた鴨の鳴き声に一層冬の厳しさが増し、弓矢を捨てて浪人になってから十数年にもなるとしみじみ感じるこの頃だ）

芭蕉自身は体系だった俳諧理論を残していない。だが、進んで教示を仰いだ去来と土芳、そしてこの許六が、その思想の断片を臨場感をもって書き留めた。

許六が記したのが『俳諧問答』だ。そこに「芭蕉が意識したライバル」の項でも触れた芭蕉との有名な問答がある。

そして画家と言えば、「悲しげに鳴く蓑虫の声を聞きに、わが庵へ来い」という芭蕉の呼びかけに感動した英一蝶があげられる。「枯木蓑虫図」を描いて応えた。墨一色の絵を見た芭蕉は、「まことに丹青淡《あわく》して情こまやか也……」という飛び切りの賛に、自句「蓑虫の音《ね》を聞《きき》にこ（来）よくさのいほ（草の庵）」を添えた。

## 芭蕉を訪ねた鬼貫とは

芭蕉の時代、蕉門以外にも立派な俳人がいた。その一人が「東の芭蕉、西の鬼貫《おにつら》」といわれた上島《うえじま》鬼貫だ。芭蕉より十七歳若い。俳号は、和歌の貫之《つらゆき》を意識したもので、いかめしいが、読む句は優しい。

そよりともせいで秋たつ事かいの　　鬼貫
（木々を揺らして秋の到来を知らせてくれる風の音が全く聞こえてこないのに、秋を迎えたということなのだろうか）

口語詩のようにわかりやすく、俳風は闊達である。

さて、一六八〇年ごろの貞門と談林との主導権争いが頂点に達していたときのことである。勝者となった談林の軽佻浮薄から離脱しようと意気軒高だったのが江戸の蕉門だが、京と大坂にも新風を模索する蕉風の同調者がいた。貞門の伊藤信徳《しんとく》、池西言水《ごんすい》、椎本才麿《しいのもとさいまろ》と並び、談林の小西来山《らいざん》やこの鬼貫らである。

鬼貫は当時、伊丹に流行した放埒な俳諧に憤り、「まことのほかに俳諧なし」を信念に芸術即生活を主張した。業俳、点者にならず、門人もとらなかった。芭蕉と同じこころざしである。

「乳ぶさ握るわらべの、花に笑み、月にむかひて指さすこそ天性のまことにはあらめかし」（『仏兄七久留万《さとえななくるま》』序）という一文は崇高な人間愛に基づいたものといえる。貞門、談林の技巧過多に対し無技巧、無造作をよしとした。簡潔さをもって目に映る対象の真実に迫る、真摯な創作姿勢だった。

鬼貫の「まこと」には、芭蕉のような作者の情の誠が「物の微（物の本質）」に基づくことで初めて詩的リアリティが得られるという芸術性はない。しかし、鬼貫が「まこと」を説いたのは二十五歳の時で、芭蕉の「古池や」の句の一年前だ。

服部土芳の『三冊子』には「誠《まこと》の俳諧」とあるが、芭蕉俳諧の究極の理念「不易流行」の根底には、鬼貫の「まこと」の影響があったとみるのが、むしろ自然だろう。芭蕉という天才が突然現れたのではない。同じ時代を生きる同行者や伴走者からの、かかる恩恵があったことを忘れてはならない。

ちなみに鬼貫は、芭蕉を尊敬し、死の数日前に見舞っている。また、蕉門の其角、広瀬惟《い》然《ぜん》、路通、支考とも親しかった。

最後に三宅嘯山《しょうざん》の『俳諧新選』（安永二〔一七七三〕年）から紹介したい。

「蕉門の徒、正風といふ事を、自家のみの様に心得居るは、甚だ僻事《ひがごと》なり。尤も蕉翁あづまに基《もとゐ》を開かれし事は論なし。されど其頃京大坂にも名家ありて、その句調一時に合しぬる事、全く時運のしからしめし所争ふべからず」

蕉門の宣伝力は並ではない。その力を誇り、自分たちの俳風を天下の「正風」と称した。

その蕉門の思い上がりを諌めたのだ。蕉風の台頭は時運に恵まれたからに過ぎない、という厳しい指摘だった。

# 終章　芭蕉の最期

芭蕉には辞世の句がない。李白、杜甫、西行、宗祇という尊敬する先人も旅の途上で亡くなっている。芭蕉も畳の上でゆったり辞世の句を詠みながらの死など、つゆほども思っていなかったことだろう。

元禄七（一六九四）年、五十一歳で永眠。墓所として遺言したのは現在の滋賀県大津市膳所の義仲寺だった。なぜ、芭蕉は故郷の伊賀を望まなかったのか？　乞食行脚のフィナーレは芭蕉らしい決意の表れだった。

## 「桃」の字を愛した芭蕉

江戸俳壇デビュー時、芭蕉は「桃青」と号した。尊敬する李白の李《すもも》と白に対して付けた名という。

お気に入りの号だったのだろう。生涯何人かに「桃」の字を与えた。

まずは、わが子のように愛情を注いだ「桃印」である。

元禄六（一六九三）年から芭蕉が没した翌七年まで、芭蕉は物心両面で大変だった。草庵に一人わび住まいというイメージの強い芭蕉だが、実は当時七人もの扶養者がいたのだ。杉風らの好意で新築なった第三次芭蕉庵には、甥といわれる猶子（養子）の桃印が病に伏し、桃印の妻の寿貞が娘のまさ、おふうと看護に通っている。さらに、桃印の息子の次郎兵衛と寿貞の甥とされる猪兵衛が下男として同居していた。そして、「桃隣」（後述）が恐らく書生としてだろう、日本橋から通っているという次第だった。

桃印は、芭蕉が二十二歳のころに、夫と死別した姉が嫁ぎ先から実家へ戻り、その時連れていた幼児の一人だった。そして、芭蕉は延宝四（一六七六）年、三十三歳のとき、桃印を一時帰郷の際に江戸へ連れ立っている。しかし、芭蕉は当時、町名主の小沢太郎兵衛のもとで水道工事の書き役などで多忙の身であった。そのため、桃印も一緒にその手伝いをさせていたのだろうか、俳諧になじんだ痕跡はなく、当時の生活は謎に包まれている。
そして、桃印の看病疲れや、元禄六年の三十三歳での早逝による落胆もあったのだろう。ついに草庵の門戸を閉じ、門人はじめ人々との対面を謝して、「閉関の説」を書いた。その文には「煩悩増長して一芸すぐるゝものは、是非の勝《すぐ》る物なり（欲がつのって何か一芸一能に優れるようになったものは、是非得失の念が強いものである）」という自省の弁がある。

次は「桃隣」である。芭蕉と同郷で、芭蕉の甥とも従弟ともいわれる。武士だったが出奔し大坂にいたらしい。元禄元（一六八八）年に芭蕉に入門すると、同四年には、上方から江戸に下る師に随行し、そのまま江戸に在住した。四十歳過ぎに芭蕉の援助を得て俳諧師として独立している。ちなみに芭蕉の晩年に入門した許六は、桃隣の紹介だった。芭蕉は桃隣の将来を危惧していたらしいが、芭蕉の没後は後ろ盾を失い次第に零落したという。芭蕉の三回忌には『奥の細道』の足跡をたどり『陸奥鵆《むつちどり》』を著している。

最後に「桃妖《とうよう》」をみてみたい。

山中や菊はたおらぬ湯の匂《にほひ》　芭蕉

（山中の湯の素晴らしい匂いがあれば、長寿の妙薬といわれる菊を手折るまでもない）

『奥の細道』の旅で泊った山中温泉の宿の主人である久米之助は小童だった。芭蕉は久米之助の容姿が美しかったため「菊慈童」を想起した。「菊慈童」は周の穆王《ぼくおう》に愛された美形の侍童で、罪のため南陽郡酈県《れきけん》に流されたが、愛した菊の露を飲んで不老不死になったという。

芭蕉は余程この若主人を気に入ったらしく、「桃妖」の号を与えている。

## 芭蕉が借金した理由

芭蕉にも風狂に徹しきれない浮世のしがらみがあったことはあまり知られていない。いつも行雲流水というわけにはいかなかった。

前述のとおり、元禄六（一六九三）、七年の第三次芭蕉庵は扶養者が七人もの大家族で、当時、芭蕉は物心両面で大変だった。芭蕉の甥といわれる猶子（養子）・桃印が重篤な病の床にあったからだ。

芭蕉は、この桃印のために借金せざるを得なくなった。誰にこの大金を無心するか。まず頭に浮かんだのは、江戸の幕府御用商人の杉風だっただろう。しかし、杉風には古くからおんぶに抱っこだったため、度重なる無心に気が引けたのか、断念したと推量される。

そこで頼ったのが、腹を割った仲である膳所の門人・菅沼曲水《きょくすい》だった。彼は膳所藩の重臣であり、金に不自由しない身だ。深川芭蕉庵から、曲水に宛てた借金申し込みの書簡が残る。冒頭の一文にはこう記されている。

「不悟之御無心申事出来致候。其元御遣金御用ノ余御座候はゞ、壱両弐分御取替被レ成被レ下候はゞ可レ忝候」

（思いがけずお願い事が出現してしまいました。貴方に手元に残っているお金がありましたら一両二分〔米価換算で十数万円〕お貸し下さればありがたいのですが）

芭蕉は逼迫《ひっぱく》した状況を伝えている。桃印の肺結核の重篤化による医者代や薬代に加え、後の葬儀費用の工面に迫られていたのだった。

さらに、元禄七年の最後の旅でも借金をしている。門人の槐《え》本之《もとし》道《どう》と洒堂との諍いの調停のために大坂へ向かう芭蕉は、次兄の又右衛門に同道を頼んだ。その時、京の門人である去来への書状を託した。その追書《おいがき》で、二分（米価換算で数万円）の借金申入れをし、次兄への用立てを頼んだのである。次兄に京見物をさせるためだったようだ。借金をしてまでの兄弟への心遣いである一方、返済はこちらの都合次第、返済できないこともある、という気ままな文面だった。それくらい去来とは気が置けない仲だった。

そんな芭蕉は、借金をせざるを得ない境遇でありながら、長兄の松尾半左衛門には不定期に仕送りをしていたようだ。長兄は浪人の身で、後に仕官が叶うも微禄で裕福ではなかった。ちなみに、資金援助できなかったお詫びをしたためた半左衛門宛て書簡（元禄二年正月付け）が現存する。

芭蕉には二人の兄のほか、桃印の実母にあたると推定される姉、片野氏に嫁した妹、堀内氏に嫁した妹、末妹およしの一姉三妹がいた。およしは長兄の半左衛門の養女となり、後に松尾家を継いだようだ。

## 辞世の句がない芭蕉

一般的に辞世の句として人口に膾炙《かいしゃ》しているのは次の句である。

病中吟

旅に病《やん》で夢は枯野をかけ廻《めぐ》る　　芭蕉

芭蕉はかつて、『奥の細道』の長旅踏破の余韻覚めやらぬまま、伊勢の遷宮参拝に旅立ったことがあった。かかる己のあきれた風狂の生き様を思い出したのであろうか。死の床にあっても風雅の誠を求め、枯野をさ迷う。芭蕉のそのパッションの余りの強さに、悲愴は昇華され自嘲の句となった。掉尾《ちょうび》を飾るこの傑作は、死の四日前にあたる元禄七（一六九四）年十月八日の深更に示されている。

だが、前書に「病中吟」とあるとおり、この句は辞世の句ではない。終焉の地になった大坂訪問のあと、門人・去来の生地である肥前国長崎をはじめ九州への旅を楽しみにしていたらしい。

さらに、門人・支考の『笈日記』には、芭蕉が、この句の中七下五の別案「なをかけ廻る夢心」を支考に示して意見を求め、風雅への妄執を自戒したとある。もとより、辞世の句を相談することはあり得ない。それでも、後に病状が悪化し死期を悟ってからも敢えて辞世の句は残さなかった。

なぜであろうか。

先に述べた通り、芭蕉が生涯で命拾いした災難は、深川に隠棲中の三十九歳の時に起きた、「天和の大火」だ。これを契機に、四十一歳の『野ざらし紀行』の旅以降は、『奥の細道』の長旅を筆頭として、野垂れ死に覚悟の行脚を続けている。いつ命が絶えても本望という、旅の人生だった。

李白、杜甫、西行、宗祇という尊敬する先人も旅の途上で亡くなっている。芭蕉も畳の上でゆったり辞世の句を詠みながらの死など、つゆほども思っていなかったことだろう（皮肉にも最期の床は大勢の門弟にかしずかれ、贅沢な蒲団の上だったようだが）。

ちなみに、元禄八（一六九五）年に路通が書いた『芭蕉翁行状記』には、「平生則ち辞世なり、何事ぞ此節にあらんやとて、臨終の折一句なし」とある。

旅人芭蕉。日々作る句がすべて辞世の句と考えていたようだ。

だが何より、芭蕉は辞世の句による俳諧人生の完結を嫌ったのだろう。唱道した「わび」そのものが、未完成と不完全を尊しとする。求道者としての未完の生涯を潔しとしたのだ。

死の当日十二日は小春日和だったという。白い障子に蠅が何匹も這い回って目障りなので、誰が工夫したのか、竹の先にもちをつけ捕って回った。捕り方に上手下手があるのを芭蕉が面白がった。自分が実際体験した臨終に際しての心構えを実兄に遺言したほどだから、死に順化し、死を静かに受容していたに違いない。

俳諧は「生涯の道の草」と言った芭蕉だったが、また皮肉にも、その一行の詩の生命は絶えることがない。今も鮮やかに光りを放っている。これからも永遠に輝き続けることだろう。

## 芭蕉の墓所はなぜ膳所か

行く春を近江の人とお（惜）しみける　　芭蕉

近江の人たちとの温かい連帯感に満ちた句だ。芭蕉は湖南の風色と人々を愛し、墓所として遺言したのは、膳所の義仲寺だった。義仲寺は、現在の大津市内の幹線道路から少し入った所にある地味なお寺だ。今でもひっそりとし、恐らく芭蕉の望み通りの佇《たたず》まいを守っている。ここの無名庵では幾度も句会を催し、お気に入りの場所だった。

「知者は水を楽しみ、仁者は山を楽しむ」という『論語』の言葉がある。知恵のある人は水のように自在に動き、徳の高い人は山のように動じないという意味だ。

特に四方を山で囲まれた伊賀盆地の山家育ちの芭蕉が、水にあこがれるのはむしろ自然である。隠棲した深川は隅田川の三股《みつまた》河畔で、くつろぎの場所だった鳴海も海に近い。とりわけ広々と明るく、また桃源郷のように穏やかで美しい琵琶湖畔での永眠を願ったとしても不思議はない。しかし、なぜ故郷の伊賀を望まなかったのだろう。伊賀蕉門の人々には残念な遺言だっただろう。

だが、肉親に対する愛情は、むしろ人一倍強かった。幼なじみである門人の土芳に対しても同じだ。『野ざらし紀行』の旅の後、大津からの帰路にあった水口《みなくち》で二十年ぶりに再会を果たしたが、その時の句「命二つの中に生《いき》たる桜かな」の上五「命二つの」は並の感激ではない。

芭蕉は、最後に冷たい仕打ちをするような無神経さを決して持ち合わせていない。心配りがこまやかな芭蕉だ。何度も足を運んでいるとはいえ、伊賀を離れて久しい身だったから、最期にあたって惣領の兄や同郷の近しい人たちの手を煩わすことをはばかったのではないだろうか。これはむしろ愛情にあふれた遺言だったと思いたい。

ただし、それも動機としては決して大きなものではなかっただろう。俳諧の新しみを追い求める求道者としての、野ざらし覚悟の乞食行脚の生涯だ。そのフィナーレに故郷はむしろふさわしくない。たとえ死後であっても、安住は望むまい。永遠に閉じることのない、未完の旅の中途での死でありたい。これは決して譲れない芭蕉の固い決意だったに違いない。

## 芭蕉を悼んだ門人たち

元禄七（一六九四）年に没した芭蕉追悼の著作として有名なのが次の三つだ。

・其角「芭蕉翁終焉記」（同七年）（其角編の芭蕉追善集である『枯尾華』に収める。高潔な芭蕉の生涯を折々の句を引用しながら簡潔に記し追悼した）
・支考『笈日記』（同八年）（主に東海・近畿の蕉門の発句・連句などを収める。芭蕉終焉前後の消息を詳細に伝える）
・路通『芭蕉翁行状記』（同八年）（芭蕉の経歴や最後の旅の模様、終焉、追憶などを記し、終りに追悼の発句や連句を付す）

三人とも師恩に報いる充実感とともに記したのであろうが、愛弟子の路通はもちろんのこと、気丈な其角、支考でさえ、恐らく原稿に落涙しつつ何度も書き換えを余儀なくされたと想像される。

ほかに、史邦がまとめた『芭蕉庵小文庫』（同九年）、芭蕉七部集の最後となる『続猿蓑』（同十一年）、『奥の細道』刊行と土芳の『三冊子』（いずれも同十五年）、去来の『去来抄』（同十七年）と続く。

晩年の芭蕉と親交を深めたのが、元医者で、後に京都所司代の与力となった史邦。彼の住まいの五雨亭に滞在した芭蕉から形見として贈られたのが、芭蕉作の二見形文台と硯箱、そして芭蕉肖像だった。史邦は、それらを折々に取り出し懐かしんだ。最初の忌日に詠んだ句が残る。

旧庵師の像に謁《まみえ》
芭蕉会《ばせうゑ》と申初《まうしそめ》けり像の前　史邦

（年々忌を修してその人を偲ぶことに変わりがないとはいえ、最初の忌日は特別な意味合いを持つ。その特別な日に、師の芭蕉の像を前にして、今日初めて使う「芭蕉会」という言葉のひびきも、師の気高さを彷彿《ほうふつ》とさせうれしいことだ）

また、愛弟子の路通は、旅中に師の物故に接した。昼夜兼行し、はせ参じたが埋葬に間に合わなかった。墓前で声を放って泣いたことは先にも触れた。

丈草は『猿蓑』の跋《ばつ》を草したほど蕉門で存在感を示したが、その丈草を芭蕉が「丈草でかされたり」とほめた夜《よ》伽《とぎ》の句がある。

**うづくまる薬のもとの寒さかな**　丈草

(病に臥せっている師の芭蕉を心配しながら、煎じ薬の傍でうずくまっていると寒さがさらに身に染むことだ)

芥川龍之介は、「寂び」により「最も的的と芭蕉の衣《い》鉢《はつ》を伝えた」(『澄江堂雑記』)と讃美した。特筆すべきは、木曾寺に庵を結んで一石一字の法華経を書写し、三年の喪に服したことだ。

芭蕉の甥とも従弟とも伝えられる桃隣は、芭蕉の三回忌は法要のみで満足せず、『奥の細道』の足跡をたどり『陸奥衡』を著している。

一方で、特異なのは惟然だ。彼は、美濃国関の酒造家の生まれだが、庭前の梅花が鳥の羽風に散るのを見て、妻子を捨てて遁世したという。元禄元（一六八八）年、芭蕉に入門すると、同三、四年頃、湖南滞在中の芭蕉に随従した。大胆に俗語を取り入れた口語調の作風を得意とした。死の床の芭蕉を看護し、死後に幻住庵の椎の木で翁の像を百体刻んだという。さらに、菩提のため芭蕉の句を「風羅《ふうら》念仏」と唱え、瓢打ち鳴らして諸国を行脚した。

門人たちの師恩に報いんとするひたむきさは特記に値する。

## 芭蕉死後に四分五裂した蕉門

傑出したボスが亡くなると、その集団が乱離するのは世の習い。蕉門も例外ではなかった。生前から芭蕉が頭を悩ませていた蕉門二派の亀裂が、芭蕉の死を契機として顕在化したのだ。

商業主義をいとわない江戸俳諧宗匠一派（其角・嵐雪）と、商業主義を忌避した理想主義の遊俳《ゆうはい》深川連衆（杉風・子珊《しさん》）である。特に嵐雪と杉風の確執は深刻なもので、十月二十二日江戸での追悼句会は、嵐雪主催と杉風主催で別々に営まれたほどだ。

後者には『炭俵』の編者である野坡、孤屋、利牛のほか素堂、曾良、桃隣も参加している。芭蕉が晩年に唱えた「かるみ」の評価をめぐる争いだったといえる。

ちなみに、芭蕉の没年である元禄七（一六九四）年に許六に宛てられた手紙で、芭蕉は其角の俳諧を「拵《こしらへ》の俳諧」とし、「其角、嵐雪が義は、年々古狸よろしく鞁（鼓）打ちはやし候」と記している。大衆の人気におもねろうとする其角の洒落風俳諧に対する芭蕉の警告だった。

しかし芭蕉の懸念にもかかわらず、勢力図では其角、嵐雪の前者が圧倒し、結果として芭蕉没後に江戸俳壇をリードしたのは、其角と沾徳だった。沾徳は蕉門の其角と親交を結び、其角没後はその洒落風を継承した。江戸座俳諧として江戸俳壇を統率し、点者として一世を風靡《ふうび》したのだ。

これに対して、去来は、師との忘れがたい形見をとどめた落柿《らくし》舎《しゃ》への思いとともに、師風の継承に心を砕いた。元禄十（一六九七）年の「贈其角先生書」という長文の手紙が残る。芭蕉の遺風と新しみを追求するこころざしを忘れていたずらに大衆におもねっていると一喝する内容で、其角と対立する姿勢を見せた。

自信家の其角は軽く一蹴したが、この二人の関係は、さらに去来と許六の対立へと発展する。去来が「不易流行論」の立場を堅持するのに対し、許六が「血脈論《けちみやく》」と「取合せ論」で蕉風の新しい発展を志したためだ。

芭蕉没後十年を経て、義仲寺の芭蕉の墓を守っていた丈草が亡くなり、かつて義仲寺の芭蕉の葬《はふ》りに肩衣《かたぎぬ》に鋤鍬《すきくわ》を携えた親友の去来が後を追う。芭蕉の遺訓を守るこころざしのひときわ強い二人の死により、蕉門はついに解体に至った。

後は、さらに二者に分化し、衰勢の道をたどる。

一つは、其角の流れを汲む江戸の洒落風に代表される都市俳壇で、雑俳が横行した。点取俳諧が高じて遊戯的になり、さらに賞金狙いの投機的なものとなっていく。

もう一つは、「かるみ」の蕉風を守ろうとする地方俳壇のグループだ。北越を中心に十二カ国を廻った支考らの美濃派と岩田涼菟らの伊勢派、さらに九州から中国を巡って蕉風を広めた野坡である。しかし、これも農村地帯を地盤とする低俗なものにすぎなかった。

両者とも「高悟帰俗」の「高悟」を忘れた結果だったといえる。

### 芭蕉のこころざしの高さ

俳諧がもともと言葉遊びから出発したことに象徴されているが、今の俳人や俳句愛好者でも、俳句を「文学だ」「芸術だ」と堂々と言える人は恐らく少ないだろう。芭蕉がこの俳句という分野で、日本文学を代表する芸術家の地位を占めてゆるぎないのは、奇跡と言ってよい。

芭蕉が生きた時代の文学は、浮世を洒落のめして面白おかしく表現する、遊戯的、享楽的なものだった。貞門派や談林派の俳諧も、言葉遊びや悪ふざけに終始した。そして、芭蕉も其角も西鶴も、その貞門談林に学んだ。

そんな風潮の中、芭蕉の目指した俳諧は特異なものだ。異端といってもよい。目指したのは、上流階級の手慰みとして蔑まれていた俳諧を、和歌や連歌と同等に尊敬される庶民の文芸に高めることだった。しかも、芭蕉はそれを可能にする高い芸術的精神を持っていた。高尚な理想の追求や人生の深い思索だ。

革新的だが、一方で軽薄さを伴う近世の風潮を嫌ったようにもみえる。自ずから、中世的な日本文学伝統の「もののあわれ」や「わび・さび」への回帰に向かった。

芭蕉の偉業を見るにつけ、こころざしの大切さを痛感する。もし見つめる先が低ければ、芭蕉の人生は、江戸を代表する月並みな点取俳諧の宗匠という地位に安住し、幸福に浸って終わったであろう。

芭蕉のこころざしの高さは、西行や杜甫など先人が到達した芸術の高みへの畏怖にあり、またそれゆえに、独りよがりにならない謙虚さも併せ持っていた。
そして、従来、孤高の芸術家としての求道者的な生き方が強調され過ぎたきらいがある。天才ゆえの孤独と言った意味では確かに孤高であった。だが、その偉大さはむしろ連衆の和《なご》やかな集いの精神に裏打ちされた庶民の立場に身を置いたことだ。
確かに、現実社会の矛盾や問題と表立って戦ったわけではない。例えば次の句である。

**田一枚植て立去る柳かな**　芭蕉

（西行ゆかりの柳の陰に休んで昔をしのんでいる間に、早乙女の田植えが一枚分終わっている。私もここを立ち去ることにしよう）

悲惨な農民生活を素朴な田園風景として詠んだことは紛れもない事実である。
また、前に引用した次の句もそうだ。

**猿を聞《きく》人《ひと》捨子《すてご》に秋の風いかに**　芭蕉

（猿の声に落涙し断腸の思いを詠んできた人たちよ、捨子に秋風が吹きつける現実を何とする）

これが示すように、捨子に対しては、憐れみながらも通り過ぎただけである。しかし、この時代にあって、それ以上を要求するのは酷というもの。むしろこの時代にあっても、戦いに明け暮れた人間の愚かさを嘆き、弱者に対する暖かい眼差しも忘れていなかったことを、私たちは心すべきなのだろう。

作家の開高健が語った次の言葉は多くの示唆に富んでいる。

「どれだけたくさんの空気という抵抗を翼でうけとめることができるか。それによって鳥はどれだけ遠く、長く、高く飛べるかがきまる」

芭蕉もあらゆる階層から時代の「空気」を貪欲に吸い込んで、全身で受け止めた人であると言えるだろう。

また、劇作家・つかこうへいは「観客は車庫入れのうまさの完璧さよりも、レーサーの命がけのコーナリングに惹かれる」と表現した。芭蕉の俳諧の営みが、このコーナリングのように命がけの熱いものであったことは疑いない。

# あとがき

筆者は松尾芭蕉といえば、伊賀の山並みを思い浮かべます。遠目にはなだらかでやさしいが、単調ではない。よく見ると、稜線は驚くほど繊細で、かつ何かにおもねるという風はさらさらない。厳しい冬に雪も置かず毅然としている。

そして統合により今はないのですが、かつて上野市（現・伊賀市）には「芭蕉」の別号である「桃青」の名を冠した「桃青中学校」というのがありました。筆者はその卒業生ですが、その名の澄明《ちょうめい》な響きが誇らしかった記憶があります。

本書出版のきっかけは、平成三十年に出版した小説集『芭蕉と其角』にあります。その執筆に際し、芭蕉関係の各種文献に当たる必要に迫られました。そして、その折々に印象に残ったものや感銘を受けたエピソードなどを書き留めるうち、小説とはまた違った形でまとめたいという思いが強くなりました。

幸いにもこれをエッセーとして朝日新聞に連載する機会を得、当初二十回の予定で始めたものが、続編四十回と合わせ合計六十回に及ぶロングランになりました。それだけ続けられたのは、芭蕉の生き様の真摯さや人間性の豊かさ、そしてその師を囲む門人・知人の多彩さのおかげですが、芭蕉に魅せられた一ファンとしての思いが少しは強かったからかもしれません。

それはさておき、森鷗外は、小説『青年』の中で、ノルウェーの作家イプセンの強い向上心を、「強い翼に風を切って、高く遠く飛ぼうとする」と表現しています。俳句ブームと言われる今日、私たち現代の俳句作者も、余りに偉大な芭蕉の呪縛から逃れようと新味や新境地を求め、また、できるだけ遠くへ飛躍しようと射程距離を延ばすべく模索してまいりました。

ところが、思い描いたほどには高度が上がらず、芭蕉の高みには到底至らぬ事実に愕然としている、と言えば言い過ぎでしょうか。芭蕉の俳諧はそれだけの芸術的高みにあります。未来永劫いかなる俳人も芭蕉を意識せず句作することは叶わないでしょう。また芭蕉を凌駕する俳人が現れることは想像もつきません。

しかしその芭蕉の神格化は間違いです。普通の人間として描くことは、この拙著を上梓する基本姿勢でした。それは決して芭蕉をおとしめることではなく、むしろ芭蕉の真価を高めることになると信じているからです。なぜなら、本文中にも述べましたとおり、芭蕉は人並みに栄達を望む煩悩多き野心家だったのです。その偉大さは、いかにその煩悩を捨て、聖人と称えられるまで自己《じこ》陶冶《とうや》したかにあります。その直向《ひたむ》きに精進したプロセスに私達は心を揺さぶられるのです。

そして、述べ尽くされてきたともいえる芭蕉像に、独りよがりに陥る恐れを意識しつつも新しい切り口でのぞみました。その多彩な魅力をできるだけわかりやすく表現しようと心掛けたつもりです。さらに、芭蕉像の輪郭の鮮明化と舞台の彩色に、芭蕉の一番弟子其角と、芭蕉と同時代に活躍した西鶴にも登場願いました。

なお、索引として、文中に引用した芭蕉の俳句を掲載順にページ数を明記して掲げましたので活用いただければ幸いです。

最後に、計六十回に及ぶ新聞連載でお世話になった朝日新聞社前伊賀支局長中田和宏、現支局長藤井匠両氏と、その意を汲み取りテーマの配列などへのきめ細かな御助言で出版の道筋をつけて頂いた文春新書編集長前島篤志氏及び編集担当の織田甫氏に厚くお礼を申し上げたいと思います。そして陰でしっかり支えてくれた妻弥寿子にもこの場をお借りして感謝したい。

本書は、平成三十年四月から令和二年三月にわたって、朝日新聞伊賀版にタイトル「芭蕉の横顔」にて二十回、及び「続芭蕉の横顔」にて四十回、合計六十回連載された記事を、大幅に加筆修正のうえ再構成しました。

## 〈参考文献〉


杉浦正一郎他校注『日本古典文学大系46　芭蕉文集』岩波書店
柴田宵曲『蕉門の人々』三省堂
座右宝刊行会編『俳人の書画美術（3）蕉門諸家』集英社
菊山當年男『はせを』寶雲舎
同　　『芭蕉雑纂』甲文社
内田魯庵『芭蕉庵桃青傳』立命館
雲英末雄他訳注『芭蕉全句集』角川ソフィア文庫
小宮豊隆『芭蕉句抄』岩波新書
山本健吉『芭蕉』（上・下巻）新潮文庫
同　　『俳句の世界』講談社文芸文庫
潁原退蔵『芭蕉読本』角川文庫
同校訂『去来抄・三冊子・旅寝論』岩波文庫
萩原恭男校注『芭蕉書簡集』岩波文庫
嵐山光三郎『悪党芭蕉』新潮文庫

尾形仂『芭蕉の世界』講談社学術文庫
　同編『芭蕉ハンドブック』三省堂
荻原井泉水『奥の細道ノート』新潮文庫
中山義秀『芭蕉庵桃青』講談社文芸文庫
田中善信『芭蕉』中公新書
栗林農夫『俳句と生活』岩波新書
復本一郎『さび　俊成より芭蕉への展開』塙新書
岡本聡『芭蕉忍者説再考』風媒社
『別冊太陽　日本のこころ16　俳句』平凡社
岡倉覚三『茶の本』岩波文庫
今泉準一『其角と芭蕉と』春秋社
田中善信『元禄の奇才　宝井其角』新典社
飯島耕一『『虚栗《みなしぐり》』の時代』みすず書房
暉峻康隆他校注／訳『新編　日本古典文学全集　井原西鶴集』小学館
井原西鶴『好色一代男』岩波文庫

井原西鶴『好色五人女』岩波文庫
同　『日本永代蔵』岩波文庫
同　『本朝二十不孝』岩波文庫
同　『世間胸算用』角川文庫
吉江久彌『西鶴全句集　解釈と鑑賞』笠間書院
宗政五十緒『西鶴の研究』未来社
正岡子規『獺祭書屋俳話・芭蕉雑談』岩波文庫
『芥川龍之介全集7』ちくま文庫

## 〈芭蕉の掲出句一覧〉

（＊「連句」については、立句〔第一句〕のみを対象とし、脇句〔第二句〕以下の付句は除外しています）

## 芭蕉の掲出句一覧

**北村純一**（きたむら じゅんいち）

作家。日本ペンクラブ会員。1948年三重県上野市（現・伊賀市）生まれ。名張市在住。1967年三重県立上野高校卒業。1971年大阪市立大学経済学部卒業。都市銀行勤務の傍ら文筆活動に従事。1980～82年には旧通産省の外郭団体である（財）海外貿易開発協会（現・一般財団法人海外産業人材育成協会）に出向した。著書に、実務書『貿易金融・海外投資金融の実務』（ダイヤモンド社、共著）、詩文集『団塊世代へのシュプレヒコール―企業戦士から社会戦士へ』（文芸社）、箴言集『侏儒の俳句―芥川龍之介に捧げる箴言集』（朝日新聞出版）、小説集『芭蕉と其角―四人の革命児たち』（風媒社）がある。


文春新書

1348

伊賀《いが》の人《ひと》・松尾《まつお》芭蕉《ばしよう》

---

2022年1月20日　第1刷発行

著　者　北村純一
発行者　大松芳男
発行所　株式会社 文藝春秋

〒102-8008 東京都千代田区紀尾井町3-23
電話（03）3265-1211（代表）

印刷所　大日本印刷
製本所　加藤製本

定価はカバーに表示してあります。
万一、落丁・乱丁の場合は小社製作部宛お送り下さい。
送料小社負担でお取替え致します。


---



ISBN978-4-16-661348-9